LES POËSIES ET RENCONTRES DV SIEVR DENEVFGERMAIN POETE HETEROCLITE DE Monſeigneur Frere vnique du Roy.

IMPRIME' PAR COMMANDEment de mondict Seigneur.

A PARIS,
Chez IACQVES IACQVIN ruë des Maçons proche Sorbonne.

M. DC. XXX.

AVEC PRIVILEGE DV ROY.

[illegible]

[illegible]

[illegible]

A

MONSEIGNEVR FRERE VNIQVE DV ROY.

MONSEIGNEVR,

Ayant pleu à vostre Grandeur m'honorer du tiltre & qualité de vostre Poëte Heteroclite, pour mettre deuant vous, mes Poësies extraordinaires & irregulieres conceptions : I'ay creu inspiré d'Appollon & des Muses, comme enfant de Parnasse, estre de mon deuoir, de vous faire part de ma vision des

Dieux aux Isles de Charenton, en l'vne desquelles & la plus belle, ou ie fus transporté par Pegase, sommeillant sur ce Mont par vne obscure nuict, m'apparurent en songe les Dieux & les Deesses, qui passoient la riuiere à nage suiuant leur Iupiter porté dessur son Aigle voltigeant à fleur d'eau, deuant lequel Vulcan comme grand Maistre de son Artillerie, gouuerneur de son Arsenail, & sur-intendant de ses forges, n'ageoit seulement d'vne main, portant le foudre de son altitonnance de la droite, & l'esleuant de peur de le moüiller, quand reueillé au doux murmure des eaux: Ie trouuay que mon songe contenoit verité, & d'autant plus palpable qu'au reueil de l'aurore, qui fut tost apres moy, ie la vis tant indignée de ce que les Dieux s'estoient coulez ça bas à son desceu, que pour les descouurir flamba plus clairement qu'elle ne fit iamais, surprenant de si grande & soudaine lumiere Mars & Venus qui luy presterent ceste charité, que d'obtenir des Dieux, ignorans leur dessein, de la laisser dormir, pour soubs le voyle de Morphée, Ministre de leurs voluptez, prendre leurs passe temps par terre, & par eau, n'ageans mieux que barbets & poiſſons, ou ie les vis faire tours & detours capables d'engendrer des tritons. Ce qu'aperceu par ce Forgeron, il cuida forcener de depit, preſt de couler ſon foudre à fonds (au hazard de bruſler la riuiere) pour nager vers eux des deux mains : Mais ce guerrier auſſi-toſt diſparut à nâge entre deux eaux, pour reprendre ſon rang, ſurpris qu'il fut & hué des Deeſſes indignées de l'auoir apperçeu ſe meſler impudemment entr'elles : Les zephirs portoient par les airs de part en part de l'eau, leurs habits diuins & pretieux, embaumans la contrée de parfums & d'odeurs : Reueſtus & richement ornez. Ils trouuent à cent pas vn Dieu ſemblant vn Adonis, ſinon, qu'il paroiſſoit plus beau, ſuiuy d'vne Cour de mortels, plus luiſante qu'eſtoilles: Et ce fut lors que ceux qui rauiſſoient les cœurs, eux meſmes furent rauis à l'obiect de ſa diuine face, quand aux honneſtetez, complimens & ciuilitez qui furent de part & d'autre, lors de cete entreueuë, ie doute que Piton puiſſe les raconter, Minerue fit la harangue de la part des Dieux, finie, Iupiter luy preſenta ſon foudre: Vulcan tous ſes petars & machines de guerre : Mars fait le ſerment de fidelité & luy promet de iamais ne combattre que ſoubs ſes eſtendars, Pegaze veut le porter en guerre, Baccus luy offre vn flacon d'ambroſie, Neptune ſon trident, Æole le pouuoir qu'il a deſſur les vents, luy preſentant les clefs de leur priſon, Orphée auant partir, luy bâtit des Citez par ſes airs & chanſons, Appollon & les Muſes vont fredonnant ſon los, Cypris mourant d'amour, le careſſe des yeux, Flore luy fait preſent de roſes & de lis, chacun luy rend honneur. Et Phœbus eſblouy contemplant ſes regards, s'enfuit auec l'aurore : Ils diſparoiſſent tous, ſinon Baccus, Appollon & Diane. Et moy reprenant mes eſpris, reuenu comme d'extaſe qui m'auroit deſrobé les ſens, à l'obiect de tant de belles choſes, Ie ſouſpire ces Mots, que de grandes merueilles ! à qui en feray-je part ? auſſi-toſt dit, i'apperçeu cette chaſſereſſe broſſer par bois & par hailiers qui faiſoit auec ſes chiens vn grand degas, & de ſon Cornet TON TON, comme ſi ce que i'oyois & voyois ſignifiaſt que ce fut à GASTON, & qu'il fut cette diuine face reuerée des Dieux, ô moy, moy glorieux dy-je lors, & raiſonnant ainſi en qu'elle langue ie le pourrois racompter, pour estre la plus belle & conuenable à si diuin suject. Ce bouffon Baccus, que ie ne voyois pas derriere moy, prit la parolle, & dit, en langue de carpe, de mouton, de veau, de bœuf parfumée, auquel ie repondis, yurongne qui te fait estre icy? & riant disparut, me demandant qui m'auoit dit son nom d'auoir si bien rencontré : Mais Appollon qui de tout temps fauorisa mes voeux, pour me tirer de peine, me dit benignement à l'oreille, en langage des Dieux, c'est à dire en rime; Et moy de rimer en gas, en ton, en co, en gneux, en cra, en mail; en tant de sortes, que pour lors, ie m'espuisay la veine, surquoy ie fis ces vers comme en Hypocomie

Ié tant rimé, tant rimonné,
En bat, en tru, en ton, en din,
Sonné sonnets, & sansonné,
Que ma rime tarit soudain.

Occasion, MONSEIGNEVR, maintenant que par le temps sont mes forces reuenuës pour agir auec les puissances de l'ame; que i'ose, du nombre des Deïtez, deïfié par telle vision, & soubs l'auspice de vos benignitez, qui estes le seul & diuin obiect de mes pensées, le temple de mes vœux, le cabinet sacré de mes heteroclytes & diuins secrets, vous addresser ce mien petit liuret, qui contient ces merueilles, & comme coniuré par puissances plus fortes que mes mouuements qui ne vont & n'agissent que par vous, pour estre mis au iour soubs le nom de GASTON, non glorieux, qui remplit l'Vniuers, & vous tesmoigner par tous deuoirs, que ie suis,

MONSEIGNEVR,

Vostre tres-humble, & tres-obeïssant seruiteur DENEVFGERMAIN.

AV LECTEVR.

AMY LECTEVR, curieux de lire ce mien petit liuret, representez vous de voir vne table ronde en banquet, ou chacun se sied, sans ceremonie ny preferance pour leurs qualitez, selon que premier ou dernier arriue, ny ayant ny haut ny bas bout, & ne vous estonnez de ma façon d'écrire, rencontrant sur les noms, tantost par syllabes d'iceux finissans les vers, tantost les couppans en deux, tantost rimant richement sur la derniere syllabe, tantost par rime platte, estans ces irregulieres & extraordinaires conceptions de mon heteroclite esprit, n'en deplaise aux Sçauans, qui me croyans plus capable que ie ne suis, disent qu'en quelque chose i'emprunte des Grecs, qui me seroit gloire de l'auoüer s'il estoit vray, dautant qu'il s'ensuiuroit ayant la cognoissance de cette langue, laquelle i'i-

ē

gnore, que ie serois plus parfect : & pource qu'en si grande contrainte de rime, i'employe quelques-fois mots Latins, ou autres Barbares que chacun ne sçait pas : ie heu soing pour l'intelligence de tous de les interpreter par petites annotations aux marges : comme de vous faire voir par Poësies ordinaires, que i'employe aussy en certaines pages deuant & apres lesdits vers faits en faueur desdits noms, que ie ne suis tant heteroclite, que ie ne puisse faire comme vn autre, qui feroit comme moy, non pas plus : ne m'égallant à ceux qui me surpassent, du nombre desquels sont les beaux & diuins esprits qui ont enrichy ce mien liuret, de leur belles & diuines conceptions, en ma faueur, en suitte de mondit Seigneur, soubs l'auspice & commandement duquel, ie l'ose mettre au iour pour vous en faire part : Vous suppliant, Lecteur, suppleer de vostre courtoisie, ce que verrez de deffaut, affin que d'égalle affection ie vous sois seruiteur. A Dieu.

ENSUVIVENT VERS DE DIVERSES ſortes.

FAICTS ET COMPOSEZ à la loüange de l'Autheur.

Par Monſeigneur Frere vnique du Roy, à l'imitation de l'Autheur les Syllabes du nom finiſſans les vers.

BIEN que ie ſois vn Poëte Neuf,
Qui ne rima oncques en Ger,
Ie veux parler iuſqu'à demain,
Des vertus du grand NEVFGERMAIN.

Par Monſieur de Pilorens, à la meſme imitation.

IL y a des iours plus de Neuf,
Que ie ſuis apres à ſonger,
Comme quoy trouuer le chemin,

De loüer le grand NEVFGERMAIN.

Je le tiens le plus preux des Neuf,
Vn peu plus vaillant que Roger,
Et bien plus ſçauant que Gomain,
C'eſt excellent de NEVFGERMAIN.

Ie luy ſouhaitte vn habit Neuf,
Puis quand il faudra deſloger,
Que ce ne ſoit du mal ſainct Main,
Que meure le grand NEVFGERMAIN.

Reſponce à Monſieur de Pilorens, par ledit ſieur de Neufgermain.

VOS vers ſi beaux tant admirez,
Qui ne ſont que propos dorez,
Me vallent argent & monnoye,
Car plus polis que n'eſt vn œuf,
Ils filent ie croy de la ſoye,
Me promettans vn habit neuf.

Par Monſieur de Chaudebonne, en faueur dudict Autheur.

PAR les Neuf filles de memoire,
Ie iure ſolemnellement,
Qu'homme iamais ſi dignement,
Ne porta glaiue ou eſcritoire,
Que ſur ſon flanc & dans ſa main,
Les porte le rare GERMAIN.

Dans les vers ie ne mets pas Neuf,
Et ie n'en feray point d'excuſes,
Car ce grand homme n'eſt pas Neuf,
Mais il eſt Germain des Neuf Muſes,
Ie diray donc iuſqu'à demain,
Les porte le rare GERMAIN.

Par Monsieur le Comte de Brion, en faueur dudict Autheur.

PAGE, va t'en chez Appollon,
Qu'il me preste son violon,
Et pour qu'il te le baille vite,
Dy luy, & en leue la main,
Que c'est pour chanter le merite,
Du trois fois grand DENEVFGERMAIN,
Et qu'en reuange ie le prie,
De disposer de l'escurie.

Plainte de B, C, P, Q, & autres lettres qui n'ont pas l'honneur d'entrer au nom de Neufgermain.

FAICT PAR MONSIEVR Patris.

DONCQVES sans l'auoir merité,
Le sort contre nous irrité,
A le courage de permettre,
Que par vn mespris inhumain,
On ayt formé sans nous y mettre,
Le nom du grand de Neufgermain

Encor pour F, patience,
C'est par elle que se commence,
France, climat heureux & doux,
Son merite est recommandable,

Et qu'elle eust cela dessus nous,
Il estoit plus que raisonnable:

Mais que les autres sans raison,
Comme de meilleure maison,
Possedent le mesme auantage,
Aurons nous le cœur d'endurer,
Qu'on nous fit ce cruel outrage,
A tout le moins sans murmurer?

Non, nos conditions sont telles,
Que nous sommes lettres comme elles,
Et d'vn poix tellement égal,
Qu'estans toutes comme de cire,
D'elles & de nous on peut dire,
Laual Rohan, Rohan Laual.

Encor que cette verité,
Soit plus claire que la clarté:
Neantmoins à nostre vergongne,
Demeurant toutes au filet,
Tandis qu'elles sont en besongne,
On nous fait tenir le mulet.

Nous ne voulons blâmer personne.
Mais que fit D, pour qu'on luy donne
Ces excez d'honneurs inouys,
Et toutes sont-elles tirées,
De la coste de sainct Louys,
Pour nous estre ainsi preferées?

L'Astre qui nous fit voir le iour,
Puisse bien-tost & sans retour,
Là bas se coucher & s'esteindre,
Et meure en l'infernal gibet,
Qui premier eust l'art de nous peindre
Et nous mettre dans l'alphabet.

Compagnes mes cheres amyes,
Souffrirons nous ces infamies,
Non non, il les faut euiter,
Loing de ces lieux melancoliques,
Allons en Egypte habiter,
Et nous rendons hieroglifiques.

Diſcours de Iuppiter en l'aſſemblée des Dieux ſur la plainte des lettres.

VOVS ſçauez bien trouppe immortelle,
Race genereuſe & fidelle,
Qui m'auez mis le ſceptre en main,
Combien de iours nous conſultâmes,
Quand nous fimes pour Nœufgermain
Le beau nom que nous inuentâmes,

Par vne diuine prudence,
Dans ce grand mot dont la cadance,
Frappe ſi doucement les ſens,
Nous miſmes toutes les voyelles:
Mais au iourd'huy comme i'entens,
Les conſonnes ſont les rebelles.

B, C, S, armez auec L,

Et P, T, ioincts à leur querelle,
Esperans si mettre en credit,
Dans ce beau nom veulent paroistre,
Et n'est pas mesme à ce qu'on dit,
Iusques au Q, qui n'y vueille estre.

B, qui fait tous les biens du monde,
Sans qui sur la terre & sur l'onde,
Rien ne seroit ni bon ni beau,
Et C, qui le Ciel sçeust produire,
Se vont cacher dans le tombeau,
Si nous pensons les éconduire.

L, par qui Venus est belle.
Qui rend nostre essence immortelle,
Glorieuse veut éclater,
Dans le nom de c'est homme habile:
Et ne se veut pas contenter,
D'estre dans celuy de Virgile.

Mesme en ce moment i'entends S,
Qui fait la bas de la diablesse,
Et dans vn dépit nompareil,
Menasse pleine de colere,

De mettre en pieces le Soleil,
Et les eßieux de nostre sphere.

Mais le P, qui marche en Satrappe,
Et qui fait la moitié d'vn Pappe,
Se veut tirer de pieté,
Et c'est mis dans la fantaisie,
De n'estre plus qu'en pauureté,
En paresse, & paralysie.

Luy qui fait les Princes en terre,
Et T, qui forme mon Tonnerre,
Parlent tout haut de me quitter,
Et quoy que les destins ordonnent,
Ie ne puis estre Jupiter,
Si ces deux lettres m'abandonnent.

Mais vous en auez tous affaire,
B, pour Bacchus est necessaire,
Et sans C, Ceres est à bas,
Si L, S, & P, se rebelle,
Que fera la pauure Pallas,
Qui n'aura plus qu'Aa pour elle,

Il faut donc les rendre contantes,
Et ie ne voy à leurs attentes,
Aucun remede asseZ puissant,
Si ce n'est que c'est homme rare,
Ayt nom Bdelneufgermicopsant,
Mais ce mot est vn peu bigearre.

Pourtant pour le mieux il me semble,
Qu'ainsi nous les mettions ensemble,
Ioinctes d'vn eternel amour,
Et r'enuoyons à Palamede,
Qui le premier les mit au iour,
Le Q, auec X, Y, Z.

Iuppiter menassé d'vn plus puissant que luy, Roy des espaces imaginaires, qui dit son nom en fin des vers.

FAICT PAR DENEVFGERMAIN.

QVE seroit-ce si sur les Cieux,
Je n'estois Roy des plus grands Dieux,
Aux espaces imaginaires?
Que seroit-ce si de si haut,
Pour les chastier temeraires,
Plus fort ne leur faisois assaut?

Et quoy! ie voy sans sentimens,
Iuppin mesler les Elemens,

Et troubler

Et troubler par conſeils eſtranges,
Le repos des pauures humains :
Quand il deffait par ſes meſlanges,
Les lettres qu'ils font de leurs mains.

Lettres autant de Meſſagers,
Qui leur annoncent ſi legers,
Par le monde les auantures,
Et les plus ſecrettes raiſons,
Recognuës par eſcritures
Du Ciel, du temps, & des ſaiſons.

Et qui plus eſt cet inhumain,
Qui fit le nom Deneufgermain,
S'efforce de luy oſter l'Eſtre:
Car plus que Medée cruel,
Il fait mourir ce qu'il fit naiſtre,
Sans combat, appel ny duel.

Soit tyrannie, ambition,
Myſſantropie, ou paſſion,
L'on voit que d'atteintes mortelles,
Pour les deffaire & renuerſer,
Il confond conſonne & voyelles,

Trahison qu'on ne peut penser :

Car feignant de les arrester;
Alors qu'il les voit disputer,
Les bonneurs à leur fantasie,
Les met d'autant plus au bourbier,
Qu'ils s'égarent par frenaisie,
Comme pigeons du Colombier.

Quand par dépit sans iugement,
Vont en Egypte librement,
Pour changer en hieroglifiques,
De terre & ciel fait vn Chaos,
Tout prest de les perser de piques,
S'elles estoient de chair & dos.

Jusques là, que prises en ses lacs,
Il estropie vne Pallas,
D'elle *, S, P, encor luy sappe,
Et des beaux noms des immortels,
Les lettres tellement attrappe,
Qu'il prendroit A de leurs Autels.

* c'est à dire qu'il en oste deux LL.

Il les mesle & met sans raison,

En Neufgermain, comme en priſon,
Cloze, ſinon X, Y, Z,
Et les mortels ſont étonnez,
Que iuſqu'au Q, de Palamede,
Ce broüillon met encor ſon nez.

Dedans le Ciel de ſon haut rang,
Il met cette Deeſſe en ſang:
Tiré iuſqu'à l'hypotomie
Mourant elle reſpire a'a,
Sans pouuoir en ſon agonie,
Prononcer Iuppin me tua.

Il bâtit en l'air des chaſteaux,
Par diphtougue il fait mots nouueaux,
Par œ* de Nœufgermaniſe,
Et broüillant vn nom glorieux,
Bedelneufgermicopſantiſe,
Au meſpris des hommes & des Dieux.

* Faut prononcer o e à cauſe du vers.

Qui deuſt montrer qu'en ce beau nom,
Toutes voyelles ſont ſinon!
O, qui par ſa forme ſpherique,
Enuironnant cet Vniuers,

Rend les caracteres d'Affrique,
Confreres de celuy d'Anuers.

Si qu'égaux en cette rondeur,
Sont obligez par vn grand heur,
De viure en droit de Bourgeoisie,
Tous bourgeois de mesme cité,
Ie leurs promets de l'ambrosie,
D'accort en cette égalité.

Partant ie dy pere Iuppin,
Fol ou malade de sainct Min,
De ma surdiuine vouture,
Que tu cesses : car plus puissant,
Le surdiuin Monsieur VOITVRE, *
Ton orgueil yra punissant.

* Est appellé Surdiuin en vne balade obmise, qui fait respõce à la sienne.

Vers de Monsieur le Cheuallier du Bueil, en faueur du sieur Deneufgermain.

ENnemy des froides tenebres,
Pere de la clarté du iour,
A qui les Muses font l'amour,
Sur les deux sommets si celebres:
C'est ta vertue que ie ressens,
Qui s'écoule en ma fantaisie,
Et c'est pour elle que mes sens,
Sont troublez de ta frenaisie,
Pour chanter en neuf, ger, & main,
Les loüanges de NEVFGERMAIN.

EN NEVF.

En luy neuf est d'vn vieil vsage,
Neuf son esprit estoit iadis,

Tous neufs il presta ses habis,
Aux neuf Preux, pour leur mariage,
Ostez vn les mains ont neuf dois,
Les deux pieds sont faits tout de mesme,
Neuf le monde il vit autrefois,
Tout Neuf est pour luy le Caresme,
Et Neufue estoit l'Eternité,
Qui mere neuf mois la porté.

La syllabe neuf, c'est vn nombre,
Neuf fois vn, on y peut compter,
De cinq deux vn il faut oster,
Trois fois trois, semble estre son nombre,
Vn A deux & quatre adiousté,
Vaut six & trois, & cinq & quatre,
Sept & deux c'est fort bien compté,
Comme vn & huict sans rien rabatre,
Car le nombre parfait de neuf,
Sy trouue außy rond comme vn œuf.

Vn bœuf est vne grosse beste,
Auec Neuf ou la peut rimer,
Neuf ne sçauroit se decimer,
Deuant dix, neuf marche à la teste,

Qui fait neuf aux quilles fait bien,
Qui boit Neuf coups sans manger rien,
Des bons buueurs aura la pomme,
Et sera Neuf fois glorieux,
Dessus les Neuf voutes des Cieux,

EN GER.

Auec ger, on pourroit tout faire,
Ny derriere est-ce pas Gerni,
Ny deuant Niger ostez ni,
Ger demeurera solitaire,
Auec Dan, on en fait danger,
Auec Man, manger est facile,
Auec van, on peut vandanger,
Auec lo, loger à la ville,
A ger adioustez Vsalem,
Vous en ferez Gerusalem.

Vne ville à nom Gergouie,
Nos freres sont dits nos germains,
Les peuples fets de ger & mains,
Habitent en la germanie,
Mais si ger est las du deuant,

Voyons s'il yra mieux derriere,
O deuant ger, fendoit le vent,
Auec ſon eſpée haute clere,
Lors que Ro, le Paladin Ger,
Fit treſpaſſer Dar le Roy Ger.

Par licence Neufgermanique,
On peut voger deſſus les eaux,
Haranger en termes nouueaux,
Extrauager en frenetique,
Briger pour briguer des honneurs,
Emologer en Cour Romaine,
Deſleger des Ambaſſadeurs,
Iuſqu'en la contrée Affriquaine,
Plus loing, plus prés en diuers lieux,
Au gré des hommes & des Dieux.

EN MAIN.

De main on peut dire merueille,
Une main forma l'Uniuers,
C'eſt ma main qui t'écrit ces vers,
Qui s'en vont flatter tes oreilles,
C'eſt auec la main qu'Appollon,

Des airs ſur ſa lire fredonne,
Auec la main vn violon,
Soubs larcher de boucan reſonne:
Et c'eſt par l'œuure de tes mains,
Que tu faits rire les humains.

De la main ſes amis on flatte,
De la main de grands coups on fait,
Vn aueugle en eſt ſatisfaict,
Quand de la main ſon chemin taſte,
Main à main les combats ſe font,
La main dans l'autre on ſe marie,
D'vne main la paille l'on rompt,
De l'autre main on la relie,
Vne main donne des poulets,
Que ſouuent l'autre main à faits.

Doctes *Princeſſes de l'Eutere,*
Par vne main de vieux papier,
Par quatre de petit meſtier,
Cheriſſez touſiours ce bon pere,
Donnez du nom à ſes écris,
Plaſſez-le au Temple de memoire,
Tandiſque de ſa gloire epris,

Ie crie en ſigne de victoire,
Harquebuziers, de main en main,
Tirez en ſalue à NEVFGERMAIN.

le Marquis

Vers de Monſieur de Rembouillet en faueur dudit ſieur de Neufgermain.

SI feu le peuple Romain,
Euſt veſcu iuſqu'à demain,
Les ſieurs Virgile & Homere,
Seroient du coſté du vent,
Car il a iuré ſouuent,
Qu'il te feroit ſon compere,
Et qu'il mettroit ſur ton chef,
A ce ſoir mitre ou Couronne,
NEVFGERMAIN, *mais par méchef,*
Il eſt mort, Dieu luy pardonne.

BALLADE FAICTE PAR MONSIEVR VOITVRE EN FAVEVR DV SIEVR DE NEVFGERMAIN.

PAR tous les coins de l'vniuers,
Le Cigne Mantoüan resonne,
L'aueugle Thebain de ses vers,
Encore nostre siecle étonne:
Mais ie n'accorde la Couronne,
Pour le Grec, ny pour le Romain,
Et par Iustice ie la donne,
Au beau Monsieur de NEVFGERMAIN.

L'autre iour le grand Apollon,
Pere du iour & de la gloire,
Tenoit au Ciel vn violon,

Marquetté d'Hebeine & d'yuoire,
Et dit aux filles de memoire,
Je le veux mettre en bonne main:
Car ie le garde pour la foire,
Au beau Monsieur de NEVFGERMAIN.

Mercure luy dit c'est vn fou,
Que de trop bon œil tu regardes,
Il fit des vers sur TRILBARDOV*,
Auec des paroles Lombardes,
Mais ses rimes sont trop hagardes,
Et Mars iura par sainct Firmin,
Qu'il vouloit donner des naZardes,
Au beau Monsieur de NEVFGERMAIN.

* Folio 55. à l'imitatiō duquel les autres auroient été fais sur les noms.

Les Muses lors firent vn cry,
Qui perça la dixiesme sphere,
Et deffendant leur fauori,
Pleines d'vne iuste colere,
Iurerent à Iuppin leur pere,
Qu'elles partiroient dés demain,
Si pas-vn d'eux osoit déplaire,
Au beau Monsieur de NEVFGERMAIN.

Iuppiter dit à haute voix,
Mes cheres filles ie me fie,
Entierement à vostre choix,
Quel qui soit, ie le deïfie,
Et veux ie vous le certifie,
Que sur parnasse ou en chemin,
Cinquante veaux on sacrifie,
Au beau Monsieur de NEVFGERMAIN.

Autres vers à l'imitation & en la louange de l'Autheur.

D*Oncques il faut rimer en Neuf,*
Pour vous loüer & dire Ger,
Et chanter en la rime Main,
Les loüanges de NEVFGERMAIN.

L'*autre iour nous estions bien Neuf,*
Discourans chez le sieur du Ger,

Auec le bon homme Firmin,
Des vertus du grand NEVFGERMAIN.

Sans auoir laict fourmage n'œuf,
Que peußions enſemble manger,
Nous parlâmes iuſqu'a demain,
Des faits du rare NEVFGERMAIN.

Jé dans ma meutte Patauneuf,
(Dit Janot) auec Briffauger,
Tayaul, Lambault, & Friſcaumin,
Qui ſont les chiens de NEVFGERMAIN.

A Neuf-Chaſtel ou Chaſtel-Neuf,
Dedans vn iardin potager,
Ie vis Darache, auec Oſmin,
Qui diſcouroient de NEVFGERMAIN.

Six iours durant ſur le Pont-Neuf,
Je veux quoy qu'auecques danger,
Maintenir ou bien tenirmain,
Que rien n'égalle NEVFGERMAIN.

Ce beau nom n'eſt pas vn nom Neuf,

Car ſi l'on y veut bien ſonger,
L'on y trouue Neuf, ger, & main,
Qui font enſemble NEVFGERMAIN.

I'approuue la ſyllabe Neuf,
Et ne veux rien dire de Ger,
Mais il me fache vn peu que main,
Finiſſe le nom NEVFGERMAIN.

Car l'autre iour vers le Bourg-neuf,
Ie m'approchay d'vn eſtranger,
Qui faiſoit rimer à ſainct Main,
Le beau nom du grand NEVFGERMAIN.

Deuant Monſieur de Chaſteau-neuf,
Je luy dy vous eſtes vn Ger,
Et luy ſans dire mis ny main,
Ne parla plus de NEVFGERMAIN.

On trouue en ce nom Germain Neuf,
Maingerneuf auec Neufmainger,
Et Mainneufger & Gerneufmain,
Anagrames de NEVFGERMAIN.

Mais pour Helicon Helineuf,
Il faudroit dire ou Heliger,
Ou à tout le moins Helimain,
En l'honneur du grand NEVFGERMAIN.

Par Monsieur Patris, les Syllabes du nom finissans les vers.

T*Roupeau sacré Muses ce croy-ie Neuf,*
Si de bon cœur vous voulez m'obliger,
Assistez moy sans attendre à demain,
Pour haut loüer Monsieur de NEVFGERMAIN.

Ce grand esprit n'est pas vn esprit Neuf,
D'vn Vigneron ou d'vn simple Berger:
Mais d'vn Consul ou Senateur Romain;
Encor c'est peu pour ce de NEVFGERMAIN.

Aussy est-il bien plus barbu qu'vn œuf,
Et fort expert non pas à voltiger:

Mais à rimer par vn art plus qu'humain,
Ce que tu faits ô grand de NEVFGERMAIN.

Que n'ay-ie helas! plus de rimes en Neuf,
Ie vay pleurant iusqu'à m'en submerger,
D'en rencontrer si peu dessous ma main,
Pour te loüer ô grand de NEVFGERMAIN.

Il me souuient d'vn Monsieur de Bourneuf,
Que i'oubliois à faute d'y songer:
Or disons tous par luy & sainct Firmin,
Viue à iamais Monsieur de NEVFGERMAIN.

Par Monsieur Desmarests.

VN iour les Muses desbauchées,
Voulans mettre vn Poëte au iour,
Prierent Apollon d'amour,
Qui les eust bien-tost despechées,
Dans huict mois, & quatre sepmaines,
L'vne vn pied, l'autre fit la main,
Bref fut fait par Neuf sœurs Germaines,
L'incomparable NEVFGERMAIN.

Par Monſieur de Boiſſac.

STANCES.

CELEBRE qui voudra le beau nombre de Neuf,
Ou les traits acerez, du petit Dieu leger,
Ou les combats ſanglants, d'vne vaillante main,
Pour moy ie parleray du braue NEVFGERMAIN.

Son corps eſt fort bien fait, quoy qu'il ne ſoit pas Neuf,
Formé ny plus ny moins qu'vn Monarque eſtrãger,
Il a l'eſprit d'vn Grec & le cœur d'vn Romain,
C'eſt pour dire en vn mot le braue NEVFGERMAIN.

Il feroit mille vers ſur le iaulne d'vn œuf,
Plus viſte qu'vn leuraut, plus prompt qu'vn Meſſager,
Plus Poëte que Ronſard, plus ſçauant que Gomain,

Toute

Toute personne cede au braue NEVEGERMAIN.

Bref tous les mots François qui finissent en œuf,
Ceux à qui le destin fait rencontrer vn ger,
Et ceux qui par nature abboutissent à main,
Ne sçauroient mieux rimer qu'au braue NEVF-GERMAIN.

EPIGRAMME.

Faict par ledit sieur de Boissac sur le mesme suject.

VN Disciple ignorant demandoit à son Maistre,
Quel plus grand personnage, au monde pouuoit estre?
Il luy fut respondu, que tu es neuf Germain,
Ne sçais tu pas que c'est Monsieur de NEVF-GERMAIN.

SIXAIN.

Faict par le mesme.

QVAND Neufgermain n'asquit, le bon homme Apollon,
Graua ces quatre vers, sur le dos d'vn violon,
Neufgermain Germain neuf dont le front seraphique,
Ainsi qu'vn œuf germant germe neufues douceurs,
Ton sens, Germain du bon, ny neuf, ny germanique,
Fera germer à neuf, les neuf germaines sœurs.

ANAGRAMME

Faict par ledit ſieur Boiſſac.

NEVFGERMAIN GERMAIN NEVF.

VN iour le beau Pollux, querelant ſon ayné,
Luy ietta dans le front la quoquille d'vn œuf,
Qui luy dit en iurant, tu es mal fortuné,
Parce qu'en Neufgermain, ie treuue Germain neuf.

Reſponce par Ballade aux vers dudict ſieur de Boiſſac fol. 17. à la fin du liure.

Vers de Monſieur Triſtan, au ſuject du portraict de l'Autheur.

VOVS voyez le portraict tout Neuf,
D'vn qui paſſe pour eſtranger,
Et n'eſt Eſcoſſois, ny Germain,
C'eſt l'admirable NEVFGERMAIN.

Vn menton auſsy ras qu'vn œuf,
Ne ſe prendroit pas de leger,
Si deſſus on paſſoit la main,
Pour celuy du grand NEVFGERMAIN.

Il fait des vers autant que Neuf,
Ou l'on ne peut rien corriger:
Car le ſçauoir eſt plus qu'humain,
Du rare & docte NEVFGERMAIN.

On deuroit conſtruire à Bourg-neuf,
Un grand pied d'eſtail à loger,
Sur la beſte de ſainct Romain,
Le grand & Docte NEUFGERMAIN.

A Monſieur de Neufgermain ſur ſes Poëſies extraordinaires par Monſieur du Bois Docte Predicateur.

L'ASTRE *qui regne ſur les arts,*
Verſant deſſus toy ſes regards,
T'inſpira Neufgermain, pour la gloire publique,
La grace de faire des vers,
Qui ſont ſi beaux & ſi diuers,
Que l'honneur qui t'en vient eſt choſe ſans replique.

Ceux qui ſe ſont acquis le bruit,
D'auoir mieux ſçeu cueillir le fruict,

Qui croist dessus le mont des filles de memoire,
Creueroient de honte & de dueil,
S'ils pouuoient dedans le cercueil,
Entendre tes chansons & cognoistre ta gloire.

Tous se sont tenuz par les mains,
Ainsi que des freres germains,
Craignants de s'égarer dans les routes diuines,
Mais toy guidé de ton cerueau,
Te faisant vn chemin nouueau,
As fait voir aux neuf sœurs qu'elles n'estoient point (fines.

Car lors qu'elles ny pensoient pas,
Elles ont entendu tes pas,
Et ce galbe sans pair, que tout le monde admire,
Leur a montré que ton sçauoir,
Te donnoit l'art & le pouuoir,
Descalader leur Mont & brauer leur Empire.

Vy doncques exempt de leurs loix,
Fay des rimes sans aucun choix,
Jette sur le pappier, des vers à l'auanture,
Et sçache que tous tes Lecteurs,
Seront autant d'admirateurs,
De ton rare Genie, & ta belle nature.

Semianagramme à Monsieur de Neufgermain, par Monsieur Patris.

Syllabe supernumeraire,
Neuf, qu'il faut dire en prononçant,
Ce nom par tout si florissant,
Que ne puisse helas t'en distraire.

C'est autheur plus diuin qu'humain,
Ne se nommant que de Germain,
Un Anagramme à sa loüange,
Tel qu'il merite iustement,
S'en pourroit tirer nettement,
Car il y auroit rime d'Ange.

Louanges à Monsieur le Marquis de Rembouillet.

SIXAIN.

MONSEIGNEVR ie vous dy, & vous offre en six vers :
Ce qui est de plus beau, plus riche en l'Vniuers,
Zelateur de vertu dont les belles loüanges,
Remplissent terre, & l'air, les eaux, le Paradis,
Les hommes vertueux loüent vos faits, vos dis,
Portez dedans le Ciel par la bouche des Anges.

par l'Autheur.

Anagramme

ANAGRAMME,

DE NEVFGERMAIN,

ANGE DE MINERVE.

SAINCTES filles de la memoire,
Pouuiez vous d'vn plus iuste choix,
Pour le soustien de vostre gloire,
Toutes d'vne commune voix,
Donner à quelqu'vn sans reserue,
L'Intelligence de vos loix,
Qu'à ce bel ANGE DE MINERVE.

Par Mr. CHAVAROCHE.

A Monſieur de Neufgermain.

Par Monſieur de VILLENNES.

LES Muſes, dit-on furent Neuf,
Auſsi de là doit on iuger,
Que par vn ſecret plus qu'humain,
Tu fus nommé de NEVFGERMAIN:

Car qui te dit Germain de neuf,
Sans aucune lettre changer,
T'en dit frere ou couſin Germain,
Tant tu es docte NEVFGERMAIN;

Dautant que par vn ſtille neuf,
Tu compoſes ſans te ranger
Au Grec, ny ſuiure le Romain,
L'on t'admire de NEVFGERMAIN.

Abandonnons donc au Pont-Neuf,
Les vers des anciens, ſans ſonger,
Ils ne valent pas de ta main,
La moindre piece, ô Neufgermain.

ENSVIVENT AVTRES LOVANGES PAR SONNETS

Faits par l'Autheur.

Acrostiche & Anagramme à la Royne, sur son nom.

ANNE D'AVSTRICHE.

SONNET.

AVguste Majesté qui n'auez de seconde,
Nul ne peut égaller tant soit ambitieux,
Non s'il estoit aislé pour voller dans les Cieux
Esleué, le pouuoir que vous auez au monde,

DEs deux Poles on voit sur la terre & sur l'onde,
Au degré le plus haut pour seconder nos vœux,
Vostre nom resplendir richement glorieux,
Sur nous par les rayons d'vne grace feconde.

TOut ce qui peut ça bas enrichir l'vniuers,
Reluit par les vertus, que ie louë en ces vers,
Ia desia dans vos yeux de Cristal diaphane,

CHer nourrisson du Ciel vn Dauphin apperçeu,
Heureux promettout heur pour les Frãçois cõçeu,
Et par le nom Royal D'VNE CHASTE DIANE.

A Monsieur le Duc Despernon.

SONNET.

NVL ne sçauroit grand Duc chanter vostre
loüange,
Nul ne le peut s'il n'a les accés empruntez,
Des Dieux ou bien seront les mesmes Deitez,
Qui diront vostre los par la bouche d'vn Ange.

Par vos diuins conseils le desordre & meslange,
Est banny, les peruers vaincus & surmontez,
Tesmoins de vos vertus font voir que vous dõtez
L'hydre & que vostre nom s'estend de là le Gange.

En terre, en mer, par tout (vray miracle des
Cieux)
Franchistes les dangers des eaux, du fer, des feux,
C'a bas donné d'enhaut, par vostre braue espée

Vous forcez le destin d'obeyr à vos loix,
Puisque la France en vous, soubs l'auspice des Roys,
Comme Andromede a peu rencontrer vn Persée.

A Madame la Marquise de Rembouillet.

ESTREINES.

Pour vous offrir, Madame, autant que meritez,
Je voudrois les tresors qui sont peris en l'onde,
Encor il ne suffit ou la vertu abonde,
Il en faut emprunter de quelques Deitez.

Mais ialouses ne font ces liberalitez,
Que d'enrichir ça bas pour estre leur seconde,
Celle dont les beautez rauissent tout le monde,
Seroit vn attentat à leurs authoritez.

Admirable en prudence, unique & ſans pareille
Inimitable en faits, du monde la merueille,
On ne peut bien loüer les regards de vos yeux:

Car Phœbus éblouy de ſi grande lumiere,
Ceſſe de plus fournir aux mortels ſa carriere,
Flamboyants, foudroyans les hommes & les Dieux.

A Madamoiſelle de Rembouillet.

SONNET.

QV'elle admiration de voir que les mortels
Engourdis, esblouis ſans force & ſans adreſſe,
Gueriſſent aux rayons du Soleil qui les bleſſe,
Dardez de ſi beaux yeux qu'on n'en voit pas de tels?

C'eſt obiect ſi puiſſant dompteur des immortels,

Balançant

Balanſſant leur pouuoir demonstre ſa hauteſſe,
Et ſes diuins propos, ſon marcher à Deeſſe,
Que pour luy rendre honneur faitdreſſer des autels.

Les Dieux & les humains, innocentes victimes,
Eſclaues arreſtez de ſes graces ſublimes,
Bruſlent auec parfums, & ſans feux, ny enſens.

Heureux de s'immoler aux beaux regards de celle,
Qui embraze les cœurs, & qui charme les ſens,
Des odeurs qu'elle rend des feux qu'elle recelle.

A Monſieur de Chaudebonne.

SONNET.

SANS m'eſtōner, Monſieur, ie chante en mon ramage,
D'vne debile voix, hazard d'eſtre repris,
Voſtre gloire & renom qui charme mes eſprits,

Car charmez ie ne ſens, ny honte ny dommage,

Vn Narciſſe perit deçeu de ſon image,
D'vn vif portraict d'autruy differemment épris,
Ie meurs de n'entonner la loüange, & le prix
N'ateindre, & ne pouuoir ſi haut luy faire homage.

Nature en vous s'eſt pleu, vous rendant ſi parfect,
Qu'on admire de voir, louurage qu'elle a fait,
Gentil, courtois, benin, les graces à la foulle,
Preſſent pour ſe montrer, nul n'eſt au monde tel,
Soudain vous accomply, elle rompit le moule,
Pour eſtre ſeul, & veu, ça bas comme immortel.

Sonnet faict par l'Autheur sur le suject de ses vers heteroclites qui suiuent.

OV par folie, ou par sagesse,
Pour sage, ou fol sont faits mes vers,
Car ie ne sçay point d'autre adresse,
Si ie courois tout l'Vniuers.

L'homme de bien point ie ne blesse,
Ny ne censure le peruers,
Ny les faits d'autruy ne redresse,
Qu'il aille droit ou de trauers.

I'agrée par ma rime hagarde,
Que meint-vn par plaisir regarde
Quand c'est autre me va mordant,
Sans voir en moy, qu'vn Democrite,
Rit du censeur ou qu'Heraclite,
Deplore le pauure Pedant.

voicy le fauory de Minerue et de Mars
Et le puissant Dæmon des armes et des ars

A MONSEIGNEVR FRERE VNIQVE DV ROY, LES DEVX DERNIERES Syllabes du nom faisans les vers.

*SOnt-ce monts enleuez que i'oy comme vn fragas,**
Par la fureur des vents, ou si chet Phaëton,
Auecques ses coursiers dépit de ses degas,
Plus qu'vn aueugle n'est quand il perd son baston:
Ou peuples attrouppez margaias, maragas,
A l'enuie courans en tous lieux & canton,
Par terre & par les airs sur le cheual pegas,
Adorer le Soleil dans les yeux de GASTON?

* Lãgage Gascõ pour dire Fracas.

Ie souhaitte estonné vn Cuias ou Cugas,

A

Je ne sçay pas les mots ou le sage Caton,
Pour m'éclaircir d'où vient si grãd bruit qui fait gas,
Et fait encor ie croy, comme vn murmure en ton,
Qui donne plus deffroy, que ne fit Romegas,
Quand vaillant aux combas il serroit le bouton:
Et lequel bruit contraint les peruers Renegas,
Adorer le Soleil dans les yeux de GASTON.

* Clangor en Latin.

Les bons en sont rauis, pour vray c'est le clangas*,
D'vn cornet entonné, bruyant non comme vn ton,
Mais d'vn souffle diuin qui publie par gas,
Rime accorte aux accens de la digne Piton,
La gloire d'vn beau nom que l'hydre & le Gigas*
Apprehende & fuit plusque le serpent Piton,
Heureux pour échapper du bourbier & fangas*,
D'Adorer le Soleil dans les yeux de GASTON.

* Geant Latin.

* Gascõ pour dire Fãgeas.

O François glorieux d'auoir ce que Brigas:
Par tes vœux enflammez, humble comm' vn moutõ
Est doux, tu tiens des Dieux lesquels tu barangas,
Non Hector, non Aiax, non le diuin Platon:
Mais vn Mars pour ton heur, dont plus loing que Pragas
Ou Pragues, l'on accourt à l'harmonie & ton,

De ses honneurs chantez & par ton & par gas,
Adorer le Soleil dans les yeux de GASTON.

Autre à Mondit Seigneur finissant tousiours par la derniere Syllabe de sondit nom Gaston.

E*PRIS du beau nom de* GASTON,
Nom glorieux plus que Platon,
Qu'Alexandre, Cæsar, Caton,
Ie veux chanter en tout canton,
La gloire de la rime ton,
Plus eueillé que n'est vn ton,
Me faire admirer de Piton,
Et par mer suiure d'vn Triton.
Dans les Enfers danser Pluton,
La gaillardeauec Halecton,
Lachesis, Attropos, Cloton,
Quitter fuzeau, fil, & ploton,
Arrester le serpent Piton,

Puisque chantant tousiours ton ton
Criant, béllant comme vn Mouton,
Descend en poste Phaëton,
Qui veut deuenir Mousqueton.
Seruir le Roy & plus dit on:
Car Iupin marchant au baston,
Caduc & vieil plus que Titon,
Vient à Paris par Charenton,
Pour offrir son foudre à GASTON.

A Monsieur le Cogneux Chãcelier de mondit Seigneur, sur les deux Syllabes faisans son nom.

VN grand secret m'apprit Iaco
Menant en laisse vn Epagneux,
Sçauoir que pour auoir vn co
Et poulle en eau tiede on beign'eux
Si dure est la coque, & coco
Soudain lon oit, chacun Cogn'eux,

Du bec qui leur sert de pico,
Pour faire esclorre les beigneux
Mais me souuient rimant en co
Auec cette autre rime gneux.
D'vn nom si beau qu'en Mexico
Est recognu comme à beigneux,
En France aussy, en Ierico
Tant il reluit, donques soigneux,
Ce nom ie dy n'est d'abrico,
D'oyseau, ny d'homme chagrigneux,
Ny d'vn plaisant quel fut Chico
Monté sur vn cheual hargneux,
Ny n'est encores nom d'Eco
En plat pays ou montagneux:
Mais de sage & qui par eco
Parle a son tour non dedaigneux
President qui porte co co*
Bon Chancelier point rechigneux,
Si parfait que rimant en co
Par vn air fait sur co & gneux
Ie chanteray co co co co,
Cocriquo Monsieur le COGNEVX.

*Lãgage des nourrices & d'Enfãs pour dire Robbe.

A Madame la Princesse, sur chaque Syllabe, faisans ses noms Montmorency & de Condé en fin des vers.

APollon descendu dessus le sacré mont,
Les Muses auec luy ont ensemble vn remor,
Si de fleurs & d'odeurs pour acroistre leur
Ils ne faisoient vn corps muse dixiéme ainsi, (ran,
Royne de leur sejour belle MONTMORENCY.

S'en est faict, & voila la Deesse Discorde,
Dit que s'ils font l'esprit en sçauoir si facon,
Cypris a interest, que le corps secondé,
Bien plus beau qu'elle soit Princesse de CONDÉ.

Phœbus craint ébloüy d'aller pied contremon,
Ainsi que Phaëton & de depit se mor
S'il se plonge en la mer pour pescher du haran,
Cedant à vos rayons tout maigre de soucy,
Qu'auez tant de beautez belle MONTMORENCY.

Les graces, les vertus, d'vne faueur seconde,
Veulent voir éclatter du haut mont Helicon,
Voire dedans le Ciel, vostre los tant aydé,
De leurs puissans effets, Princesse de CONDÉ.

Alliée des Roys, depuis vn Pharamon,
France n'eust vostre égalle, & tout erreur est Mor,
Si vostre Mars encor, terrasse l'Alcoran,
Apres l'hydre abbatu, reduit à sa mercy.
Riche present du Ciel, belle MONTMORENCY.

Heureux cil des mortels, qui contemple & regarde,
Vostre diuin obiect, qui n'a point son secon,
Mais que disie diuin, les Dieux vous ont cedé,
Puis qu'ils vous sont soubmis, Princesse de CONDÉ.

A MADAMOISELLE DE BOVRBON
les deux Syllabes faisans le nom en fin des vers.

LE fruict delicieux, la pomme de rembour
La liqueur de Bacchus, auecques le iambon,
N'anime mes esprits, mais bien la rime-bour,
Le pinceau d'Apelles, son crayon, ou charbon,

Pour dépeindre & loüer en Frãce & dans Strasbour
Ioinct l'esprit & sçauoir du Docte Cazobon
Une beauté que nul iusqu'au Topinambour
De plus loing & plus prés fut-il de Villebon
De Rome ou de Paris de quelque ville ou Bour
Ne sçauroit loüanger d'vn discours assez bon,
Sans oublier encor village, ny faux-bour,
Fut-il Poëte, Orateur, non si viuoit Strabon,
Le Tybre yra pourtant plustost tout au rebour
Que ie manque à chanter & publier par bon,
Vos graces, vos vertus, aux clerons & tambour,
Plus belle que le iour Princesse de BOVRBON.

A Madamoiselle Daigrefin le nom party en deux, en fin des vers Aigre fin.

QVI parauant sain & alaigre,
Viuois heureux comme vn Dauphin
Rien n'est plus fascheux & plus aigre,
Que moy, car ie tire à la fin,
Faute d'vn filet de vinaigre

Et si i'auois plein vn Coffin
D'escus serois encore maigre,
Brustant de soing: mais le plus fin,
Est, si ie peux par rime en aigre,
Loüer auec cette autre fin.
Vn nom qui commence par aigre
Plus doux que n'est le sucre fin
Fait voir que mis fin apres aigre
C'est vous excellente AIGREFIN.
En France & par delà le Negre
Qui brillez plus qu'vn Seraphin.

A Madamoiselle de la Brosse, chaque vers finissant tousiours en Osse.

PLustost par mer dans vn carosse
De France i'yray en Escosse
Sinon monté sur vne Rosse:
Ou cueilleray poix à lecosse.

En plain hyuer lors que l'on crosse,
Ou rebatiray le colosse
De rodes, cheu en mer ou fosse,
Brisé rompu sans sang ny bosse,
Ores qu'il eust la teste grosse,
Qu'il fut sans souilliers, & sans chosse,
Que ne loüer Rimant en osse,
Vostre beau chef main qui le brosse,
Gorgias sin mesme à Mandosse,
Ou l'on tient Salle à faire Nosse,
Fust-ce pour vous, & ie ne gosse
Qu'on apprestast, festin, plats, sosse,
Si d'Abesse n'attendez crosse,
Par vos vertus belle la BROSSE.

A Madamoiselle Petit, les deux Syllabes faisans le nom en fin des vers.

IE saute aussy haut qu'vne carpe,
D'vn contentement non petit,

Qu'vne beauté dessous la Cappe,
Du Ciel qui tant luy départit,
Plus forte qu'vne contrescarpe,
Ville, Chasteau qu'on inuestit,
Soit mur d'airin exempt de sappe,
Quand Iupiter la garentit,
Sage qu'elle est & de sa trappe,
Entend si sa voix retentit,
Aux assauts, si l'hydre s'eschappe,
Qu'vn grand Hercule combatit:
Car son foudre pour elle tappe,
Son enuieux il amortit,
Et chaque Dieu mord à la grappe,
D'vn grand & diuin appetit,
Plus qu'en banquet quand mise est nappe,
S'il chante par la rime tit,
Ton los tes vertus sur la harpe,
Et ta gloire belle PETIT.

A Monsieur le Duc d'Angoulesme chaque Syllabe faisant son nom en fin des vers.

OV pour v, disoit vn Pedan,
Et partant pour gu disoit gou
Discourant sur son escarcelle
Vuide d'argent en peine extreme,
Que tout passoit par Angoulesme.

Il machoit dru de chaque dan,
Sans autre appetit ny ragou,
Que bœuf mouton profonde écuelle,
Bon pain, bon vin, le laict la creme,
Qu'il enuoyoit en Angoulesme.

Briffant en estafier mordan,
Eust peu manger foye & fagou,
Vn porc, vn bœuf, & la ceruelle,
Si que prés luy craignois moy-mesme

Qu'il m'enuoyast en Angoulesme.

L'imittant ie d'y pere Adam,
Vostre langage est ambigou,
Et luy parlant de façon telle,
Il me prouua par vn dileme,
Que tout passoit par Angoulesme.

A ce beau nom ie d'y QVONDAM,
Le Ciel par vn diuin dégou,
Nous donna plus beau qu'vne estoille,
Vn de Valois qui fort nous ayme,
Du sang des Roys Duc d'ANGOVLESME

Luy qui peut forcer dans Sedan,
Le destin perdant vie & gou,
Comme l'on força la Rochelle,
Sans coup ferir par faim extréme,
A l'ayde du Duc d'ANGOVLESME.

Son Los plus loing qu'Amstelleredam,
Volle & ie chanteray par gou,
Ses vertus : car tant estincelle,
Que le craignant la Parque blesme,
N'oze passer par Angoulesme.

le Duc

A Monsieur de Cheureuse, les trois Syllabes faisans son nom en fin des vers.

IE ne veux d'affaire empesché,
Faire pour le present autre œuure,
Loüant vostre ame genereuse,
Que boire à vous Duc de CHEVREVSE.

Sain & gaillard iamais fasché,
Sans trembler de peur ny de fiévre,
L'esprit contant fait vie heureuse,
Qui boit à vous Duc de CHEVREVSE.

Ie croirois de crime entaché,
Ne meriter d'enter au Louure,
Si i'estois d'humeur paresseuse,
Pour boire à vous Duc de CHEVREVSE.

Le Dieu Bacchus ayant presché,

Sur la vendange nous découure,
Qu'auec luy sa troupe soigneuse,
Boiuent à vous Duc *de* Chevreuse.

Puisque boire n'est vn peché,
Qu'on m'apporte vn pasté de lieure,
Auec la liqueur sauoureuse,
Pour boire à vous Duc de Chevreuse.

Guerrier vostre los est ionché,
Par l'vniuers le Ciel ne couure,
Personne au monde glorieuse,
Cõme est ce grand Duc de Chevreuse.

Autre les Syllabes faisans le nom en fin des vers.

Comme Venus voyoit son Adonis couché,
Folatrement luy dit ta mere est amoureuse,
Cher fils tu as sur moy tes fleches décoché,
Qu'ores pour vn mortel, dont le nom est en vreuse

Finy ie meurs d'Amour pourquoy, mais tu touche
Mere respond crains-tu incertaine & paoureuse.
Ton bel esprit est-il d'vn guerrier empesche,
Enfant du Ciel donne maison cheualureuse,
Nest-ce pas viser droit pour vn aueugle Arché,
Qu'atteinte de mes traicts, auiourd'huy tant heureuse,
Tu sois & par son feu dedans ton sein cache,
Diuine d'autant plus que diuin est heureuse.

Autre à Monsieur le Duc de Nemours, rimant d'vne syllabe rime platte sans faire le nom.

COmme par le lecher on voit former vn ours
Ie tourne ainsi mes vers parmy tant de detours,
Que pour venir au but de mes sainctes amours,
Qui sont vous loüanger à trompette & tambours,
Je meslange contraint pour enfler mon discours,
A faute de trouuer terminaison en Mours,

Rime

Rime ſans obſeruer ny l'ordre ny les Tours,
Plus aſſuré pourtant, qu'enfermé dans des tours,
Pourueu que vous ſoyez mon azyle & recours,
Contre ceux, qui voudront dire tout au rebours,
Eſleuant voſtre nom, la gloire de nos iours,
Que ie ſuy lunatic la Lune en ſon decours,
De vous loüer ainſi Prince & Duc de NEMOVRS.

A Madame de Nemours, ſur ſon nom Philipine de Lorraine, les vers finiſſans par les Syllabes.

I'*Auouë peu ſçauant, inſtruit iuſque à Phi,*
De l'alphabet Gregeois encores mal poli,
Qui n'aguere apprenois cette autre lettre pi,
Qu'il faudroit de Piton l'eloquence diuine,
Non pas moy pour loüer Philippe Philipine,

Encore ſi i'auois pour ſupport & pour ayde,
Le Romain orateur qui plaida pour Milo,

J'haZarderois aydé, rompre filet & rei,
Tant suis ambarassé d'vn soucy qui m'entraisne,
Pour loüer vos vertus, PHILIPPE PHILIPPINE.

Mais quoy? faut vn esprit en sçauoir tout confi,
Vne esclatante voix, plus loin qu'a Tripoli
Entenduë, des lieux ou les Grecs ont tapi,
En cendre les Troyens, surpris d'vne Machine,
Non pas moy pour loüer PHILIPPE PHILIPINE.

Qui le peut des mortels? si la celeste bande,
Des Deesses, des Dieux, les Muses, Apollo,
Flechissent arresteZ, esblouys d'vn seul rai,
De vos brillans regars, sans force & sans halaine,
Pour chanter vos honneurs, Princesse de LORAINE.

Vous presentez aux Dieux le cartel de deffy,
Tant auez d'ascendant, & sur le plus ioly,
Fut-il vif Adonis, ou portrait en tapi,
Ou le portraìt viuant de sa mere Ciprine,
Tant vous ietteZ de feux, PHILIPPE PHILIPINE.

Ie n'ay tout transmué, force qui me seconde,
Et doute que ie sois comme la femme à Lo,

Ou troublé comme ſont dedans l'iſle de Rai,
Baleines, Eſtourgeons, échouez ſur larreine,
Tout rauy que ie ſuis, Princeſſe de LORRAINE.

Agreez mon ſouhet par la ſyllabe phi,
En Royaume au deffaut que l'honneur m'eſt tolli
De vous pouuoir loüer, & plus rimer en pi,
Iſles de voſtre nom, que voſtre nom termine,
Vous ſerez par mes veux la Royne PHILIPINE.

Autre, les Syllabes faiſans le nom Philippine en deux vers.

TRois Bergers, Coridon, Philon, Cartofili,
Fondez ſur les beaux mots, boiuent quarte & chopine:
L'vn dit pindariſant qu'il faut dire phili,
Non Philis, pour parler le langage d'Arpine,
Vilage d'où ſont nez, prés eux Patophili,
Louuet, leurs chiens gardans le troupeau de rapine
Du loup, & Ianneton qui traſſoit de fil I,

Pour son linge marquer, dit fachée à Maupine,
Commere sçauez vous? du fin lin ie fili,
Que i'ay trouué gasté par ma chienne Taupine,
Discourans tous des mieux, mon discours i'amfili,
Dit Philon plus sçauant, couchez soubs l'Aubepine,
A l'ombre pour loüer par la rime phili,
Philippe de Lorraine & belle, & si poupine.
Qu'vn grād Dieu pour fila, ou pour mieux pour fili:
Car riche taille elle a, belle & droitte l'epine.
Quand Pan venu vers eux dit à chacun FILI
Reluit iusqu'aux enfers cette beauté sapine,*
Que si fort vous loüez & son nom Pamphili,
Dit de Philippe & Pan, est plus que Proserpine,
En ces lieux reueré, deux syllabes phili,
Ne font vn nom passant la Sybille Agripine;
Mais aymant Dieu, conuient encor Theophili,
Non glorieux & beau, pour loüer PHILIPPINE.

* Licēce, pour dire droicte comme vn Sapin.

A Monsieur le Duc d'Epernon, les Syllabes faisans le nom en fin de chaque vers.

QVE ne suis-je Orateur, & de mon art Guidé,
Côme est l'Arbalestrier à viser fort exper,
Le Canonnier aussy à poincter vn canon
Pour bien vous loüanger Monseigneur DEPERNON.

Sage, prudent, vaillant, vous auez secondé,
La France soubs trois Roys languissante NVPER.
Affranchie des feux: dont Troye par Sinon
Brusla, n'ayme que vous Monseigneur DEPERNON.

Puissant est vostre los iusques au Ciel guindé,
La gloire des mortels qui reluisez semper:
Il faut vn Demostene, ou Platon ou Zenon,
Pour dire vos honneurs Monseigneur DEPERNON.

Les graces, les vertus, vous ont bien tant aydé,
Qu'égal aux Dieux allant auecques eux du pair,
L'hommage vous rendroit le grand Agamemnon,
S'il viuoit, vous voyant, Monſeigneur DEPERNON.

Que ne ſuiſie en pouuoir, comme en raiſon fondé,
Afflígé que ie ſuis, lors que ma voix ſe per,
Peu forte pour chanter voſtre gloire & renom,
Couronné de lauriers, Monſeigneur DEPERNON.

O ſi i'auois d'enhaut, s'il m'eſtoit concedé,
Qu'vn Soleil continu, ſans nuicts & ſans veſper
M'animaſt, comme il fit la ſtatu' de Memnon,
Ie chanterois touſiours Monſeigneur DEPERNON.

A Monſieur le Cardinal de la Valette, ſur la derniere Syllabe du nom.

COmme ie m'eſleuois auec l'eſcarpoulette,
Faicte de ſaules vers, prés Colin & Colette,

Mãgeans le long des eaux leur fourmage & galette,
Tandis que leurs moutons paissoient sur l'herbelette
I'auise vne beauté gentille, & proprelette,
De loing, chantant dansant ie croy l'Espagnolette,
Dont épris demanday, si tousiours & folette,
Elle habitoit ces lieux, si belle & tendrelette,
Respondent, la voyons cueillans la violette,
Conuerser parmy nous, prendre nostre houlette,
La remettre & foüiller panetiere & malette,
Feér nostre troupeau, nous bien-heurer seulette,
Disparoir & s'enfuir, ainsi qu'vne poulette,
Que n'ay-ie dise alors, voix diuine & complette,
Cette voix, pour chanter douce mignardelette,
*Vos honneurs, grand Prelat Cardinal la V*ALETTE.

A Monsieur le Duc d'Vsez, les Syllabes faisans le nõ en fin des vers.

SI i'auois le beau nom perdu,
*De Monseigneur le Duc d'V*SEZ*,*
Par vn cerneau seroit rendu,

*Car du Zeſt me viendroit d'V*SEZ.

Ce Zeſt en l'entredeux fendu,
Eſt d'vne noix ne refuſez,
Qu'il ſoit en la ſorte entendu,
Pour n'oublier le Duc *d'V*SEZ.

Non glorieux tant répandu,
Qu'il arreſte les plus Ruſez,
Et le monde eſt tout eſperdu,
*Si nous perdons le Duc d'V*SEZ.

Sçauant in ſupremo gradu,
Touſiours il lit, liures vſez
Sont recognus (tant aßidu)
*Appartenir au Duc d'V*SEZ.

Il va par vn chemin ardu,
De vertu ſans cheueux frizez,
Et comme n'eſt poupin, dodu
*Mars, n'eſt muſquin le Duc d'V*SEZ.

Ie luy promets du capandu,
Et des Canars barquebuſez:

Car

Car ſon los eſt tant eſtendu,
Que chacun dit viue d'V S E Z.

A Monſieur le Duc Daluin, rime-platte, ſur le nom enfin des vers.

D'*Autant que l'or, l'argent, eſt le metail plus fin,*
Et plus noble partant: què l'artiſte Burin
Du grand Alcimedon ſur tout autre eſt hautin,
Que l'aurore fait voir le vermeil de ſon tin,
Agreable à nos yeux, au reueil du matin,
Que ſont roſes & lis l'ornement d'vn iardin,
Les arbres, fleurs & fruicts & l'vmbrage d'vn pin,
Quand au Soleil ardent Ceres grille ſon ſein,
Qu'eſclatte le vainqueur à lennemy benin,
Que ce qui eſt exquis eſt beau & ſouuerain,
Et plus rare que ſi chacun l'auoit en main,
Surpaſſe & luit ſur nous, comme vn aſtre ſerein,
Sur toutes les vertus la ſyllabe Luin,
Plus exquiſe beaucoup que n'ayant de voiſin,

En cette rareté ie loüe tout en in,
Ce qui est plus perfet, & comme plus qu'humain,
Pour chanter vostre los, Monseigneur d'Aluin:
En vertus accomply humainement Diuin.

A Monsieur le Duc de Longueuille, les dernieres Syllabes faisans le nom.

SVS entrez entrez pantalon,
Dansez auec la robbe longue,
D'Ysabelle & Zanis suiui,
Vne bargamache gentille,
Deuant Monsieur de LOVGVEVILE.

Jambes en lair, haut le talon,
Plus que pour cueillir vne figue,
Ou pomme, ou poire, ou le paui,
Cabriolez haut d'vne quille,
Deuant Monsieur de LONGVEVILLE.

Marquez cadanse violon,
Dispos plus qu'a courir la bague,
D'vn cœur gaillard, & resiouy,
Fettes des tours plus qu'vne anguille,
Deuant Monsieur de LONGVEVILLE.

Petit Iean couché de son lon,
Fera le mort : car il n'est rogue,
Et comme en extase raui,
D'Ysabelle si belle fille,
Deuant Monsieur de LONGVEVILLE.

Chantez auec tuyaux de plon,
Ou bien destain faisans vne orgue,
Et harpes & lus à l'enui,
Vertus honneurs humeur ciuille,
De ce grand Duc de LONGVEVILLE.

Prince benin hait le felon,
Et cil qui pour tromper harangue,
Deffend l'innocent poursuiuy,
Et n'approche personne ville,
De ce grand Duc de LONGVEVILLE.

A Monsieur de Liencourt, la derniere Syllabe du vers faisant la fin du nom.

PVisqu'or à vos vertus les Muses font la Court,
Si grand, si releué que chacun en discourt,
Qu'auecques vostre los vostre nom luit & court,
Comme vn Phare esleué, que vers vous on accourt,
Nul ne vous peut loüer, si hazard il n'encourt,
Pourquoy ie suis surpris, & ie demeure court,
Si fort vous esclattez & mon sçauoir si court,
Que moindre on ne sçauroit trouuer à pepincourt,
Excusez Monseigneur: car ie fus à Boncourt,
Estudiant aussy au College d'Harcourt,
Non pas tant que bien plus ne iouässe en la Court,
Ains que d'estudier à rimer bien en Court,
Pour bien sçauoir loüer vostre nom LIENCOVRT.
Plus florissant & beau que n'est vn lis en Court.

A Madame de Liencourt ſur la terminaiſon de ſon nom & ſurnom Ieanne de Chomberg.

QVand ie ſerois laſſé autant que ſi ie fanne,
De Paris & plus loing, iuſques à Vuitemberg,
(En la ſaiſon) les foings des preZ, point ie n'ahanne,
D'aller pour vous ſeruir, plus outre à Nuremberg,
Encores par delà plus belle que SuZanne,
Cercher dans les pays rimes, comme Rimberg,
En France, en autre lieux terminaiſon en anne,
Qui puiſſe accompagner cette ſyllabe berg,
Pour loüer vos vertus des vertus de Diane:
Dont le nom n'eſt ſi beau que IEANNE DE CHOMBERG.

A Monſieur le Comte de Cramail les dernieres Syllabes faiſans le nom en fin des vers.

VN ruſtic Eſcolier pour cras prononçoit cra,
Mais grand eſtudiant aux ieux de carte & mail,
Dont il buuoit ſouuent vin meilleur qu'hipocra,
Diſoit ignoramment auſſy, ie ſouffre mail
Pour mal, lors que ie pers: car me font criq & cra
Les dents, preſſé de fin, contrainct par le ſommail
Pour ſommeil, la charmer, & manger ſans C ra,
Qui eſt vn rat ſans cel, parlant mal & non mail:
Mais moy qu'vn Apollon aux Muſes conſacra,
Plus eloquent ie lou' deux ſyllabes Cra mail,
Par vn nom glorieux qui montre R hors cra,
Entre mille vertus plus luiſantes qu'email,
En vn corps ſain qui n'a point beſoing doccicra
Que lumineux vn iour doit porter vn Camail,
En Sorbonne preſchant, ſans dire cri pour cra,
Docte vaillant & beau le Comte de CRAMAIL.

A Monſieur le Marquis de Sourdy les ſyllabes faiſans le nom en fin des vers.

EN chantant voſtre los ie vous ſalu' Monſour,
Non Monſieur : car ie veux qu'on ſçache quand ie dy,
Par vn docte parler qui tourne ſieur en ſour,
Que nul n'eſt plus que moy eloquent & hardy.

Nul ne peut m'égaller : car i'imitte maſſour,
Et gratian dotours qui ne ſont apres di,
S-eloquens qu'ils ſont qui pour ſieur diſent ſour,
Qu'on croit qu'ils ont appris d'vn Ange en Paradi.

Et qui ne ſoit ainſi, ce n'eſt qu'or & qu'aſſour,
Non à Zur mon diſcours, tant bien il eſt ourdi,
Bon Toſcan de Paris, vray langage de ſour,
Car Cour on ne dit plus il eſt abatardi.

La renommée encor par la syllabe sour,
Fait bruir, & retentir auec cette autre di,
Les airs de vostre nom: dont tant de gloire sour,
Qu'enuieux en seroit si viuoit Amadi.

Que dy-je, on ne l'oit plus, sa trompe a le son sour
Au bruit de vos Canons: dont ie suis estourdy,
Ny le Catadouppa qui rend son voisin sour,
Ny ne peux vous loüer, si tout est assourdy.

Si tout est a SOVRDI, SOVRDI est possessour,
De l'Vniuers & Roy plus puissant que iadi,
Alexandre & Cæsar, qu'aucun predecessour,
Plus diligent que tous: car il partit Mardy.

Non non ce n'est plus moy qui rim- en di en sour
Mon esprit ne le peut estonné, engourdy,
Tant éclatte ô Cramail, vn puissant deffensour,
Gendre digne de vous le Marquis de SOVRDY.

A Monsieur

A Monsieur le Comte de la Roche-foucault, les Syllabes faisans le nom en fin des vers.

PRenons habits à manger Ro,
Faisõs festin, qu'on couche en broche,
Et ne dy Picard Maistre fou,
*Que pour tourner il fait trop cault :**
Car ie traitte ROCHE-FOVCAVLT.

* Lãgage Picard pour dire chault.

Ie veux que l'on boiue à plein bro,
Qu'il me faille emmener en coche,
Et pour grichou dire griffon,
Tant ie boiray ny fin ny cault:
Car ie traitte ROCHE-FOVCAVLT.

Pren le gibier pendu au cro,
S'il ne suffit ce qu'on decroche,
I'iray chassant iusqu'à Trefou,
Auecques chiens Miron, Friscault,

Car ie traitte ROCHE-FOVCAVLT.

Ie ne sçaurois me faire acro,
Brouſſant par halliers & par roche,
Car ie ſuis le chaſſeur Tiffou,
Qui ne crains ronces, ny picault,
Pour traitter la ROCHE-FOVCAVLT.

Sa gloire en vers vn ſeul Maro,
Pourroit mettre pour ſur la poche.
La faire chanter par Menſou,
Grand Muſicien auec Ficault,
Incognus à ROCHEFOVCAVLT.

A Monſieur le Comte de Moret, les Syllabes du nom finiſſans les vers.

Suiſ-je ſans eſprit vn marmo,
Ou ſi ie ſuis pris dans vn ret,
De ne trouuer ſyllabe en mo,

Pour loüer le Comte MORET.

Je ne peux non plus qu'vn grimo
Parler, ny qu'vn haran soret,
N'ayant ny parolle ny mo,
Pour loüer le Comte MORET.

Les lettres i'assemble M, O,
Auecques le bout d'vn ferret,
Sur tablettes & faisans Mo,
Peu a peu ie trouue MORET.

Non glorieux ainsi primò,
Commencé ie loüe à bon dret,
Vaillant & beau rimant en mo,
Les vertus du Comte MORET.

A Monsieur le Comte de Brion.

N*On moins las, que si i'eusse esté iusqu'au*
nombri,
Plongé dans les mal-heurs, lors des feux
d'Ilion,

Ou bien en mer battu, flottant ſur le debri,
D'vn nauire briZé par vn fort Gallion,
Mal-heureux ſans couuert, pour me mettre àlabri,
Ny pouuoir rencontrer en quelque nation,
Vn port, Ville ou Cité, quand ſeroit Cantorbri,
Arreſté comme qui, les armes d'Acteon,
Si hautes porteroit que Maiſon ny lambri
Approcher il ne peuſt, meſme entrer dans Lyon.
Je déplore mon mal de n'auoir rime en bri,
Affligé que ie ſuis autant qu'vn Ixion,
Que ma voix ne ſçauroit prononçer bre ne bri,
Pour dignement loüer le Comte de BRION.

A Monſieur le Comte de Brionne, de Lorraine, les Syllabes du nom finiſſant les vers.

ENtre Paris & Cantorbri,
J'ay veu flottant ſur vne tonne,
En mer ou ſur autre debri,
Vn Triton, qui la gloire entonne,

Du braue Comte de BRIONNE.

Ie ne m'estonne pour le bri,
Non pas encor si Iupin tonne,
Tant ie suis couuert à labri,
Des vertus de la personne,
Du braue Comte de BRIONNE.

Ie te iure Sire Fabri,
Que ie pourrois franchir Yonne,
Sautant leger plus qu'vn Cabri,
Epris du beau nom, qui resonne,
Du braue Comte de BRIONNE.

Pour luy ie veux rimer en bri,
Puisque son los si fort fleuronne,
Pousser mes airs iusqu'au lambri,
Qui les immortels enuironne,
Pour loüer le Comte BRIONNE.

Briser à la syllabe bri,
D'vn nom qui peut briser Bellonne,
Briser Hercul' iusqu'au nombri,
Qui demachoira la Lyonne,

Dont Mars craint le Comte BRIONNE.

Si tout diuin ce nom en bri,
Commencé ſe termine en onne,
En bonne foy compere Aubri,
N'eſt-ce pas d'vn fils de Latonne,
Et d'Apollon le nom BRIONNE.

A Monſieur le Comte de Mauleurier, les Syllabes du nom finiſſans les vers.

S*I pour hameau ie dy hamau,*
Comme maint vn prononce & parle
Seray-je aſſez bon ouurier,
Pour vous louër MAVLEVRIER.

Non pas, car on diroit ramau,
Pour vn rameau, vne cigalle
Chanteroit mieux en Feurier,
Pour vous louër MAVLEVRIER.

A Meau l'on va non pas à Mau,
Et ce rameau eſt ce qu'on taille,
Par branche ſoit palme ou laurier,
Qui vous ſont deux MAVLEVRIER.

I'employe la ſyllabe mau,
Pour loüer voſtre nom qui volle,
Plus haut qu'oyſeaux en plurier,
L'aigle paſſant MAVLEVRIER.

Donc de cœur franc ny mol ny mau,
Ie vous offre plus qu'vne caille,
Vous offrant lieure & leurier,
Chaſſe & cheuaux MAVLEVRIER.

A Madame la Princesse de Guimené, les Syllabes du nom finissans les vers.

Ie louë tous les mots, où se rencontre gui;
A cause de guider & d'vn nom qui m'anime:
Car sans gui ne serions guidez à l'heur borné
Dans le ciel, ou partant gui mene GVIMENÉ.

Se trouue sur vn chesne autre sorte de Gui,
Inutile ie croy, dont ie fets peu d'estime,
Aussi n'est-il pour vous honorer destiné
Dans le Ciel, ou partant gui mene GVIMENÉ

On n'escrit point guinder sans qu'on escriue gui:
Qui se guinde si haut qu'en la voute supréme,
Sans doute peut ouïr vostre los entonné
Dans le ciel, ou partant gui mene GVIMENÉ.

Si le laurier auoit terminaison en Gui,

Transcendante

Transcendante beauté, qui tout le monde charme,
Un Dieu de vous épris en seroit couronné
Dans le Ciel, ou partant qui mene GVIMENE.

A Madamoiselle de Rembouillet les Syllabes du nom finissans les vers.

ENTRE les Dieux doit tenir ran,
Proche Iupin au plus haut bou,
Plus-belle que roze & l'œillet,
La Diuine de REMBOVILLET.

L'aurore plus rien n'entrepren,
Car elle est changée en hybou,
A l'obiect diuin vermeillet,
De la diuine REMBOVILLET.

C'est son bel œil qui le iour ren,
Dont Phœbus de colere bou,
Et d'estre pris mieux qu'au fillet,

Par la diuine REMBOVILLET.

Si malade que rien ne pren,
Il eſt couché de bout en bou,
De ſon char qu'en mer il moüillet,
Par la diuine REMBOVILLET.

Ses vertus ſon merite gran,
S'eſtend iuſqu'au Topinambou,
Dont l'on tient regiſtre & fueillet,
Pour la Diuine REMBOVILLET.

A Madamoiſelle Buterné les Syllabes du nom finiſſans les vers.

IL faudroit vn eſprit imbu,
Du ſçauoir d'vn docte Pater,
Et que d'enhaut il fut donné,
Pour vous loüer ma BVTERNÉ.

Car ne conuient l'eſprit fourbu,

D'vn ignorant comme Luter,
A tout erreur abandonné,
Pour vous loüer ma BVTERNE'.

Ma gloire seroit d'auoir bu,
Non vne fois, mais plusque ter,
En la fontaine Hipocrené,
Pour vous loüer ma BVTERNE'

A vos beautez l'on doit tribu
Plus belle que la Royne Ester,
Et l'hommage encor ordonné,
Pour vous loüer ma BVTERNE'.

Mais ne mettez pas au rebu,
Qui voudra vous baiser quater,
Dedans vn lit encourtiné,
Par mariage BVTERNE'.

Car tous deux viserez au bu,
Au gré d'Hymen & Iupiter,
Et trouuerez ma BVTERNE'.
Qu'vn amat est pour BVTERNE'.

A Monsieur de Chaudebonne, les Syllabes du nom finissans en deux vers.

QVAND *ie serois le fils de Michault ou Michaude,*
Ignorant le François, né nourry dans Lisbonne,
Chasseur dans les forests auec briffaut, bichaude,
Taïol, lambault, friscault, mignonne & tournabõne,
Quand pour dire vn Rechault, dirois vne rechaude,
Moins apris à parler, qu'vn paysan d'Eaubonne,
Ie louray neantmoins, par vne rime en chaude,
Si ie deuois m'instruire au College Narbonne,
Celuy dont les vertus font qu'icy ie m'eschaude,
D'entreprendre si haut, & de rimer en bonne,
Pour loüer son beau nom qui commence par chaude,
Et luy bien plus perfect, qu'vn Docteur en Sorbonne,
Excellent accomply, qui n'est pas bõnne chaude,
Mais est à bien parler, Monsieur de CHAVDEBONNE.

A Monſieur de Blin, la Syllabe ſeule faiſant ſon nom & finiſſant le vers.

ON dit goblet non pas goblin,
Par bleu ie iure & non par blin
Qui gobe mouche eſt vn goblin
Nom de quelque bride Joblin,
I mis pour g deuant o Blin,
Mouton beſlant, fait beZ non blin,
Fut-il vn blier, ou petit blin,
Filaſſe aprés b n'eſt pas blin
En bon rebus : mais lin fet blin,
Raulin en Gaſcon, c'eſt rablin,
Et Colin auec b coblin,
J'aſſemble encor & louë en blin,
Villes, chaſteaux eſcrits par blin,
Sans oublier le bourg d'Amblin,
Lettres qui font ſyllabe blin,
Tant me plaiſt de rimer en blin,

A cause du beau nom de blin,
Belles vertus esprit sublin,
De l'excellent Monsieur de BLIN.

A Monsieur d'Ambleuille, les Syllabes du nom finissans les vers.

C'EST mal parler qu'vne ville amble,
Si de là le nom Ambleuille
Vient: car ambler conuient me semble,
Vne haquenée de Ioinuille.

Ou tremble terre, ou terre tremble,
On dit si trembloit Arnouuille,
Bourg ou Cité finy en Amble,
*Que vous en semble d'*AMBLEVILLE.

Vous qui fettes les Dieux ensemble
Trembler, confus d'vne ame vile,
Vous enuoyent au trot ou lamble,
Par Mercur pomme de caluille,

Si vous soufflez vn chesne ou tremble,
Tombe & tournent iusqu'à Abeuille,
Moulins à vent dont l'on s'assemble,
*Pour vous admirer d'A*MBLEVILLE.

Plus que vaillant qui vous ressemble
Si quand regardez vne ville,
Sans l'aßieger se rend & tremble,
*Aux fiers regards de d'A*MBLEVILLE.

A Monsieur de Pilorens, les Syllabes du nom finissans les vers.

ON feroit bien vn grand depi,
A quelq'vn qui auroit de l'or,
Qui luy diroit frere Laurens,
Bourse & argent außy l'or rens.

A ce propos tout assoupi,
Comme batu par Aquilo,
Ié peine à trouuer nom en rens,

Finy comme est frere Laurens.

Qui de Piton emprunte pi,
D'homme eloquent & qui ait lo,
Auecques la syllabe rens,
Je l'ay trouué c'est PILORENS.

Plustost vn puis non pas vn pi
Tariroit, & taris sans flo,
Seroient riuieres & torrens,
Que le sçauoir de PILORENS.

S'il estoit dépeint en tapi,
En luy l'on verroit Apollo,
Minerue & Mars, lauriers couurans,
Le chef le front de PILORENS.

A Monſieur Percheron, les Syllabes du nom finiſſans les vers.

MOnſieur ie ne vay pas auecques vous du pair,
Pour vous écrire, auſsy ſi gros ieu ie ne couche,
Ny ne volle foiblet, ſi haut qu'vn Moucheron,
Excellent admiré bien diſant PERCHERON.

Ie iouë encor aux noix le jeu de pair & imper,
Et ie manie enfant, comme vn cheual farouche,
Un baſton aiambé à courbette & en ron,
Excellent admire bien-diſant PERCHERON.

Pair de France ne ſuis, mais ſuis en France per,
A mon égal i'entens, & noze ouurir la bouche
Pour parler, il vous faut vn eloquent Baron,
Excellent admire bien diſant PERCHERON.

Si ie dy neantmoins voſtre gloire par per,

G

Agrerez-vous encor que ie dise par mouche,
Que vous mouchez enfans Minerue & Ciceron,
Excellent admiré bien-disant PERCHERON?

En si profonde mer, ie m'égare & me per,
Si plus pour vous loüer cette corde ie touche,
Qui ne peux vous offrir plus haut qu'vn Macaron,
Excellent admiré bien-disant PERCHERON.

De Neuf-Germain à sceu au cabinet nuper,
Que vous vous portez bien & seroit vne souche,
S'il ne vous faisoit voir, & par la rime ron,
Qu'il est fort seruiteur à Monsieur PERCHERON.

Autre; les Syllabes du nom finissans en deux vers.

NE suffit vn tresor aussy haut qu'vne perche,
D'excessiue grandeur enfermé dans vn ron,
Non pas le reuenu de la solle & la perche,
Fleuue poisson de mer Alose & Percheron,

Pour dorer vos vertus, que ie chante par perche, * * Rime.
Guidées du Soleil, qui tournoye ce ron,
Quand pour le contempler, l'Aigle au plus haut se perche,
Aydé d'aisles, des yeux du diuin PERCHERON.

A Monsieur Dyurande, les Syllabes du nom finissans les vers.

IE' le filet, T, ie ne dy.
Apres le mot finy par vran
Et suis reduit en peine grande
Pour loüer les vertus DYVRANDE.

Plus que le iour en plain midy,
Son bel esprit se decouuran,
Merite la neufueine bande,
Pour loüer les vertus DYVRANDE.

A bien faire il n'est engourdi,
Car tousiours on le voit œuuran,

Sans attendre qu'on luy commande,
Pour loüer les vertus DYVRANDE.

Sçauant car il but à credi,
En Hipocrene & Senyuran,
Iupin veut qu'hommage on luy rende,
Pour loüer les vertus DYVRANDE.

Non moins que Mars il eſt hardy,
Minerue voulut le ſeuran,
Que fleurs & lauriers on repande,
Pour loüer les vertus DYVRANDE.

Rien ne peut qu'vn ſin rebondi,
Qu'vne finette va ouuran,
Vne Venus vne friande,
Accrocher les vertus DYVRANDE.

A Monsieur Patris, les Syllabes du nom finissans les vers.

Doncques il faut rimer en pa,
Pour vous loüer & dire tris,
Puisqu'Orphée pour vous harpa,
Docte & vaillant Monsieur PATRIS.

En sa maison le sieur du Pa,
Parlant de vous auec Dotris,
Sçauans iusques à p a pa,
Disoient de Pater *vient* PATRIS.

Si plus instruit ie laisse pa,
I'adiouste pa, & i'oste tris;
N'estes vous pas par moy papa,
Sancte Pater, Monsieur PATRIS?

Titan pour vous fort s'occupa,
Car ne sont pas si bien petris,
Minerue & Mars tant il tappa,

Sancte Pater, Monsieur PATRIS.

Si meint vn le diable attrappa,
Les deliurez humbles contris,
Par vn remors qui les frappa,
Sancte Pater, Monsieur PATRIS.

Sans la science d'Agrippa,
Verdoyent tousiours non fletris,
Vos lauriers qu'Apollon couppa,
Sancte Pater, Monsieur PATRIS.

A Monsieur de la Feillade les Syllabes du nom finissans les vers.

BVuons du bon rimans en feu,
A la santé de la FEILLADE,
Plus fort qu'Adonis boutefeu:
Car il peut bruler d'vne œillade,
Les elemens, mesmes le feu,
D'vne Venus s'elle l'œillade,

Sans crainte d'aucun contrefeu,
Buuons donques soubs la fueillade,
Et prions pour l'ame de feu,
Celuy qui premier fit Grillade.

A Monsieur de Sainct Surin, les Syllabes du nom finissans les vers.

IL me souuient qu'vne gallande,
Gentille ayant la rose au sin,
Se desoloit qu'à son deçu,
Son amant alloit à Turin,
Qu'elle nommoit de SAINCT SVRIN.

Par monts & forests va sans Guide,
Et faisant vn discours succeint
De ses amours, pour estre sçeu,
Le graue en tous lieux d'vn burin,
Tant elle aymoit de SAINCT SVRIN.

Trompée qu'vn echo réponde
A sa voix, croyant estre vn sainct,
Prend vn chemin pire apperceu,
Que de Paris iusques au Rin,
Pour trouuer son de SAINCT SVRIN.

C'est maintenant que iay de l'ayde,
Dit-elle, d'vn esprit mal sain:
Car pour moy ce propos conçu,
Fut d'vn Oracle souuerain,
Pour me rendre à de SAINCT SVRIN.

Au trauail le repos succede,
S'endort, sa main sert de coussin,
A son chef reposé dessur,
Quand au réueil on entend in,
A sa clameur de SAINCT SVRIN.

Les Piemontois courent par bande,
Esmeus comme d'vn assassin,
Ou d'vn grand outrage reçu,
Croyent qu'vn demon souterrin,
S'arme & fait battre tabourin.

Alors

Alors chacun fait bonne garde,
Ce peuple bruit comme vn eßin
De mouche ; & d'autant que deçu,
Reclame encor ſainct Seuerin,
Pour les garder de SAINCT SVRIN.

A Monſieur de ſainct Adrien, les Syllabes dernieres du nom finiſſans les vers.

CE ſont beaux mots, que tien & mien:
Car ils font voir qu'on a du bien,
Compris encor c'eſt autre ſien:
Mais la rime finie en rien,
N'accommoderoit pas vn chien,
A ſon diſnér non vn Païen ;
Pourquoy vos vertus par i en,
Je loüe, & voſtre beau maintien
A la mode non ancien,
*Sage & parfait point Paphien,**
Deux ſyllabes dont l'vne eſt rien,

* à raiſõ de Venus adorée en l'iſle de Paphos.

H

Font le nom de ſainct Adrien,
Donc vous loüant iuſqu'à rien,
Ie faits quelque choſe de rien.

A Monſieur Voiture ſur la derniere Syllabe du nom.

D*ONC n'eſt-ce pas bell'auenture,*
Que de trouuer en la nature,
Vn bel eſprit, vne ſtructure,
Qui paſſe l'art de portraiture,
Peinture platte, ou bien ſculpture,
Qu'on ne voit point telle facture,
Il paroiſt deſſus ſa monture,
Plus que toute autre creature,
Partant encor' ie m'auenture,
De loüer ſon geſte & veture,
Ou l'on ne voit plis ny couture,
Son corps bien fait & ſans vouture,
Viſage beau, belle denture,
Qui ſçait Muſique & tablature,
*Admirable eſt Monſieur V*OITVRE.

A Monsieur le Sec, sur la derniere Syllabe du nom.

EN la ruë de l'Arbre sec,
Je marchandois vn ieu déchec,
Chez le compere Disnesec,
Quand i'auisay vn Turc ou Grec,
Qui me salu' Salamalec,
Ie le priay rimant en sec,
A disner d'vn petit halec,
Dont le nom termine en dec,
Me semble estre Melchisedec,
Et qu'il chantast sur le rebec,
Ayant bonne voix & bon bec,
Encor qu'il fut & maigre & sec,
Les vertus de Monsieur le SEC.

Bondouffle Village ſur la derniere ſyllabe.

EPris d'vn feu diuin diuinement ie ſouffle,
Et Compoſe mes vers non pas, comme vn Marrouffle,
Qui ne peut compoſer ſi ſon chef n'emmitouffle,
Mais par tout decouuert ie peux rimer en ouffle,
Du moins n'ayant au pied que la ſimple pantoufle,
A l'airte & ſans bonnet, quand par vn diuin ſouffle,
Dans le bruit, par le chault & par le froid ſans Mouffle,
Ie chante les honneurs du VILLAGE BONDOVFFLE.

Sur vne Sallade rime ſur les deux dernieres Syllabes.

NVL ne ſoit qui pourra malade,
Fuyons de gagner la pelade,
Par poudre & feu de piſtolade,
A la breche, & l'eſtafilade,
Que l'on reçoit à l'eſcalade;
D'où s'enſuit encor la brulade,
Et de boulets vne greſlade,
Fuſt-ce ſur Mars ou Encelade,
Armez couuers d'vne ſallade,
Vaut mieux careſſer Marmelade,
Bon cuiſinier: manger ſallade,
Et chanter touſiours lade, lade,
Pour le refrin de la balade.

A Madamoiselle Dinton, les Syllabes du nom finissans les vers.

IE meurs & ie pâme soudain,
Aux doux regards de ma DINTON.
Mieux arresté que n'est vn din,
Frappé d'vn traict ou d'vn baston:
Je l'ayme qu'elle est sans dedain,
Plus douce que n'est vn mouton,
Que pour plaire à vn baladin,
Elle ne montre son teton,
L'haleine elle a de Muscadin,
D'odeurs remplie aussy dit on,
Qu'elle est le pourpris & iardin,
Ou croist la rose & le bouton,
Toute deuote hayt le badin,
Qui va au presche à Charenton,
Elle n'ayme aussy le mondin,
L'homme meschant, vn faux teston,
Sonnette au col, son chien fait din,

Et de ſon luth elle fait ton,
Par Muſique de ton & din,
Dame harmonie c'eſt DINTON,
Son luth faiſant dre lin din din,
Et ſa voix faiſant ton ton ton.

A Monſieur de Boiſſac, ſur la derniere Syllabe du nom.

IE ne bruſle inſenſé le village Plaſſac,
Baſtie ſur vn Mont, la vill' de Fronſac,
Ny cette autre qui ſuit qu'on appelle Moyſac,
Vignoble ou croiſt bon vin auecques Podenſac,
Rencontrant n'eſt rien tel, que d'auoir pot en ſac,
De piſtolles d'eſcus voire plein vn biſſac,
Mais ie loüe en vous ſeul plus docte qu'vn Balſac,
Plus courageux que Mars, tout nom finy en ſac,
Fut-il du temps iadis de Iacob & d'Yſac,
Et pour l'amour de vous ie mets encor Miſac,
Si fort vous eſclattez tres-excellent BOISSAC.

A Monſieur de Rame, la derniere Syllabe du nom finiſſant les vers.

PVisqu'en Rame l'on rencontre ame,
Ie tiendrois à honte & diffame,
Autant que tirer à la rame,
Lié de fers, comme vn infame,
Qui medite & qui touſiours trame,
Trahiſon ſans crainte de blâme,
Si n'apprenois Muſique & game,
Pour chanter par rimes en ame,
Le glorieux Monſieur de RAME,
Qui mes deſirs touſiours enflame,
Tant excellent que ie m'exclame.
O plus luiſant que n'eſt la flãme!
Tu me rauis le corps, & l'ame.

A Mõsieur le Duc de Mõtbazon les Syllabes du nom finissans les vers.

VN Ramonneur nommé Simon,
Qui ramonoit de haut en ba,
Cheminée, Salle, & Maison,
Fut ramonner chez MONTBAZON.

Tout ramonné, vient vn mommon,
De gens masquez portans Raba,
Vestus de gaze ou de gazon,
Pour joüer auec MONTBAZON.

Le jeu finy, parla Raymon,
Adonizé comme Hecuba,
Disant que Mont, bas, auec zon
Syllabe, faisoient MONTBAZON.

Vn autre dit que d'vn haut mon,
Un Poete composant tomba,
Monté sur vn cheual grizon,

Et que de là vient MONT-BAZON.

Zon fit aussi le pere Hemon,
Qui courageux ne succomba,
Frappant, fendant teste & frison:
Mais bien plus braue est MONT-BAZON.

Personne deuant Pharamon,
Comme luy n'appaisa deba,
Et nul n'est soubs nostre horiZon,
Si glorieux que MONT-BAZON.

A Monsieur Ouailli, les Syllabes du nom finissans les vers.

EN naissant tu criois Oua,
Pour teter ta nourrisse Illi,
Qui doucement t'amadoüa,
Prise à Nogent, non Gentilli.

La nature en elle troua

Deux petits monts, dont est sailli,
Fleuues de laict, & la doüa,
Qu'au besoin ne te soit failli.

Elle t'apprit la rime oüa,
Et d'autres mots tu as cueilli
D'elle, disant tousiours ou. a.
Où a-t'on mis nostre cailli?

Enfant auec toy se joüa
Vn Ours, vn iour dans vn tailli,
Qui des pommes te secoüa,
Puis retourna dans son pailli.

Oua mangeois non pas oüa,
Auec le cresson de Cailli,
Quand vn iour (mal-heur) s'encloüa
La caualle d'Amarilli.

Et ta nourrisse te loua,
Qu'en enfance disois filli:
Car les lettres illi oua
Font le nom du rare OVAILLI.

Più brauo che Gargantoüa,
Dolce nissun tanto Che'gli.

A Monsieur Goulas, la Syllabe derniere finissant les vers.

I'Auois perdu rimes en las,
Qand i'ay trouué vn Ni.co.las,
Par chemin faisans Nicolas,
Ennuyé de crier helas!
Dy-ie auant que sois du Gou las,
D'andoüilles, & de ceruelas,
D'oüyr le cliquetis des plas,
Ie veux par la syllabe las,
Montrer que le beau nom GOVLAS,
Surpassant Mineruе & Pallas,
Apollon, Hercul' vn Atlas,
S pour G, n'est que soulas.

A Monsieur Rouleau, Sr de Grand-lieu, sur le nom Rouleau, les dernieres Syllabes du nõ finissans les vers.

A Londre Anglois chantent brou brou,
Vendeurs de balets & bouleau,
Et ie chante à Paris rou rou,
Sans porter balle ny baleau,
Pour commencer le nom ROVLEAV.

Soit iaulne ou rou vient du Perou,
Et ne croist à Fontaine-bleau,
Cette couleur mise en vn trou,
Esclate plus qu'vn beau tableau,
Mais échappe comme Roule eau,

Ce sont éscus qui en a prou,
Porte sa Croix non pas son fleau,
Pour moy i'en voudrois faire écrou,

Bien enfermez à bon couleau,
Et prisonniers en beau ROVLEAV.

Thresorier, qui tiens ce verrou,
Sage, prudent, fidelle au
Maistre que sers, sans sçauoir ou
Prendre & trouuer rimes en l'eau,
Ie te loüe GRAND-LIEV ROVLEAV.

A Madame Desloges les dernieres Syllabes du nom finissans les vers.

MAdame voulez vous hazarder à trois des,
Vostre diuin sçauoir, contre mon camelo,
Manteau que ie iouray, bien plus mes bleds, mes orges,
Mes habits, tout mon bien excellente DESLOGES.

Que pensez vous, que tant à ioüer vous tardes?

Croyez vous que ie sois quelque gentil falo,
Que parlez par compas, comme vont horologes?
Non non ie dy de bon, excellente DESLOGES.

O si mes vœux estoient par Iuppin secondes,
Si fortune auec luy par vn diuin complo,
Fauorisoit mon ieu: le Cappitaine Georges,
Ne seroit mon cousin excellente DESLOGES.

Plus docte que Pallas vous meritez vn des,
Ce qu'on sçait en detail, vous le sçauez en blo,
Admirée de tous, chacun dedans ses loges
Pour oracle vous tient excellente DESLOGES.

Par vos diuins propos sont les vents cõmandes:
Dont Æole est ialoux, & l'Occean sans flo,
L'on voit chantans, danssans montrer leurs belles gorges
Syrenes & Tritons excellente DESLOGES.

Tout cede à vos rayons par l'Vniuers dardes,
Et c'est plaisir d'oüir le gentil Matelo
Entonner aux clerons beaux airs rimés en oges,
Qu'il compose pour vous excellente DESLOGES.

A Monſieur Botru, la derniere Syllabe du nom finiſſant les vers.

IE ſors comme du fonds d'vn precipice antru,
Cauerneux, en hauteur Montagneux & tertru,
Eſtonné que ie ſuis plus qu'aucun malotru,
Fut il d'eſprit mal fait, comme de corps ventru,
Non que i'aye perdu mon bien au jeu de tru,
Mais de ne trouuer pas terminaiſon en tru,
Ou ſi peu qu'il me faut encor plus de quatr' v,
Tant deſerte eſt la rime & diſert eſt botru,
Que ie loüe au deffaut par tra tre tri tro tru.

A Monſieur

A Monsieur de Belebat, sur la derniere Syllabe de son nom.

Tandis qu'au corps l'ame me bat,
Sans consulter Diable au sabat,
Ie veux entreprendre vn combat,
La teste armée d'vn cabat,
Comme vn vilageois de Trubat,
Portant mommon cum gaudebat,
Sinon viuray en celibat:
Mais le cœur si fort me debat,
Et ma force en sorte s'abbat,
Que i'en suis couché au grabat;
Partant perdray vie & rabat,
Plustost que viure en ce debat:
Car ie n'ay pas plus bel ebat,
Que de combattre BELEBAT.

A Monsieur de sainct Remy, les Syllabes du nom finissans les vers.

SVS sus chantons, que l'on s'accorde,
Mettons liures sur le coussin,
Que cil qui sçait mesure battre,
Donne les tons, non endormy,
Pour haut loüer de sainct REMY.

Je veux qu'vne harpe seconde,
Nos voix auec le Clauessin,
Et que personne ne s'égare;
Puisque Mars est l'intime amy,
De l'excellent de sainct REMY.

Nul n'est sur la terre & sur l'onde,
Pour qui i'aye plus de dessein,
Pour qui plustost ie fasse entendre,

La Musique Fà, mi, re, mi,
Que pour le braue sainct REMY.

Non, faut tābours, clerons, bombarde:
Car son nom bruit plus qu'vn essin,
Par l'vniuers & faut repandre
Roses & fleurs non à demy,
Pour l'excellent de sainct REMY.

Sur Trillebardou, les Syllabes du nom finissans les vers.

IE ne parle point d'vne estrille,
Ny du poisson qu'on nomme bar,
Du tambour qui fait dou dou dou,
I'entens parler de TRILLEBARDOV.

On dit trilleport ou portetrille,
Ie ne sçay pas ie suis Lombar,
Ny ne cognois la maison dou,

Tout mon langage eſt TRILLEBARDOV.

Aßis ſoubs la treille ou la trille,
Teſte à teſte auecques Robar,
Buuans enſemble du vin dou,
Parlions touſiours de TRILLEBARDOV.

Quand ſuruint vn qui dit etrille,
De Bar ſur ſeine, ou ſeine bar,
Ou d'autre lieu ie ne ſçay d'ou,
Lors ie m'en fuy à TRILLEBARDOV.

Non ſic licet omnibus inſanire.

LE GRAND GENIE DE DENEVFGERMAIN A LVY MESME. SALVT.

Fait par Monsieur DESMARETS.

TOY qui par mes inspirations as sçeu le plus beau secret, que l'esprit humain puisse conceuoir, & qui as acquis la plus grande gloire, ou la Poësie pouuoit atteindre, est il possible que tu te sois de telle sorte deffié de ton esprit & de mon assistance, que tu ayes confessé, qu'il ne se pouuoit trouuer de rymes en Luin, pour le nom du Duc d'Haluin ? tu sçais que quelque syllabe qui se soit presentée, ie tay fourny mille inuentions pour en trouuer d'autres ſemblables, propoſant à ton eſprit, toutes ſortes de Langues, lors que la Françoiſe te manquoit, & qu'il n'y a voix d'enfant, ny d'animaux, mot Barbare, ou corrompu, que ie n'aye employé pour faire que rien ne fut impoſſible au deſſein que tu as de rendre ceux que tu veux immortels, cependant laſſé de l'honneur que tu as acquis, tu te rends pareſſeux, & ne ſonges pas qu'aux noms difficiles - c'eſt d'ou l'on remporte plus de gloire. Pour ceſte fois ie t'enuoye des rymes ſur ce nom dont tu deſeſperois: Et t'excuſe, pour ce que tu es eſbloüy de l'eſclat de la grande reputation qui t'enuironne, & eſtourdy des careſſes de tant de Princes, & de Grands, qui ſont rauys de la gentilleſſe de tes ouurages, mais deſormais entrepren ſans crainte toutes choſes, & ſçache qu'eſtant aſſiſté de moy, rien ne te ſera iamais impoſſible.

Sur le nom de Monſieur d'Haluin.

BIEN que iamais ce nom à ryme n'accorda,
Je veux pourtant trouuer des rymes en lüin,
Tu rymeras, dit-on, ie rymeray ouy da.
Ie rencontray vn fou, qu'on nommoit Charle Huïn,
Ie luy dy Dieu te gard, ce fou me regarda,
Mais il ne diſoit mot, ie luy dy parle huïn;
*En fin il s'eſcria, i'ay veu vn beau da dá,**
Qui faiſoit retentir dans vn pré velu hin:
Alors à vn peſcheur, vn Pedant demanda,
Pour dire vn hameçon n'as-tu iamais leu haim,
Ronſard qui l'entendoit ſi homme l'entenda,
L'a mis dedans ſés vers. Il n'a guere pleu in,
Iſta regione quæ languet arida,
Dieu nous garde de mal & Monſieur d'Haluin.

* Langage d'enfãt pour dire vn cheual.

Reſponce de Deneufgermain, à ſon Genie.

IE t'adore Muſe cherie,
Qui m'inſpires rime en luin,
Par grace & puiſſance infinie,
Par toy ie diray Merluin,
Pour Merlin, fable ou Comedie,
Et par licence Caluin,
Pour Caluin dont point ie n'enuie,
Le ſçauoir ny rime en luin,
Daluin vient la poiſſonnerie,
Et faiſant auſsy aluin,
Cette ryme ſe multiplie,
En Rebus encor char, lu, in, *
Pour oſter la Melancolie,
Ie crois tu fis ton Charl'huin,
Par excellente poëſie,
Comme ſi ie diſois bluin,
L' V. trois traicts ſignifie

° Char pour chariot.
° Lu inſtrumēt Muſical
° In a prendre poiſſon.

Cinquante huict, comme l'huin,
Car h la ſe mortifie,
N'eſtant lettre & ton fol huin,
Le meſme nombre notifie,
Pleuuent grenouilles non glu, in*
Et par ton hin eſt l'harmonie,
*Du cheual du Duc d'*ALVIN.
Sortant gaillard de l'eſcurie,
De chaque lettre l, v, in,
Et ſyllabes te remercie,
Et que pour ne tomber aux res,
Tu me ſauues par mon Genie,
En me ſauuant par DESMARES.

* Glu a prendre oiſeaux

* In prepoſition Latine.

ENSVIVENT AVTRES POESIES PAR BALLADES

ſur diuers ſujets.

BALLADE FAICTE EN louange de Monſieur de Boiſſac faiſant reſponce aux vers qu'il a faicts en faueur du ſieur de Neuf-germain.

I'Entends mes honneurs publier,
I'apperçoy que mon los fleuronne,
Sans pouuoir m'en glorifier,
Car l'on m'oſte ce qu'on me donne,
N'ayant l'eſcrit qui les reſonne,
Que ie ſouhaltte par raiſon,
Auoir de cil qui les ordonne,
Pour chanter Boiſſac & ſon nom,

Il me faict d'autant pretieux,

Que i'ay la face Seraphique,
Dit-il, en terre comme aux Cieux
Est vn Seraphin deïfique,
D'Ambassadeur de Republique,
D'vn Prince l'air & la façon,
Comme suis d'humeur magnifique
Pour chanter Boissac & son nom.

N'est-ce pas me faire vn grand tort,
Si ie reçois vn tel deboire,
Pire que me donner la mort,
Qu'il emporte sur moy victoire,
Qu'aux effets ne luy fasse croire,
En son entiere affection,
Que ié tousiours vn luth d'yuoire,
Pour chanter Boissac & son nom.

Je serois bien sans sentiment,
Ainsi loüe de pied en teste,
Mon corps, mon geste, & vestement,
Si i'estois à luy moins qu'Oreste,
Fust à Pilade & suis en reste,
Si d'vne égalle passion,
Ma voix aux accors ie n'appreste,

Pour chanter Boiſſac & ſon nom.

Quand pour me depindre & tirer,
D'vn vif pinçeau le corps & l'ame,
Penſa preſque tout dechirer,
Tant il auoit pour moy de flame,
Ie ſouffrirois pour luy la rame,
Comme i'ay grande ambition,
A la Muſique qui m'enflame,
Pour chanter Boiſſac & ſon nom.

Le corps loüé pour faire mieus,
De mon nom fait anathomie,
Y trouuant germe & iaulne d'œus,
Qu'il accommode à fantaiſie,
Trois drachmes d'ethimologie,
Et le tout enſemble fort bon,
Meſlé de præceptorerie,
Pour chanter Boiſſac & ſon nom.

Il trouue encore Germain Neuf,
Soit nom de garçon ou de fille,
Tirant ainſi de neuf vn œuf,
Pour tondre deſſus la coquille,

De Neufgermain consent qu'on grille,
Ce Germain Neuf comme vn oyson,
Car d'vn nom plus beau luit & brille,
Pour chanter Boissac & son nom.

En la sorte anatomisé,
Leger plus qu'vn cheual d'Espagne,
Il peut d'vn corps subtilisé,
Courir vn lieure en la campagne,
Sans qu'vne meutte l'accompagne,
Et par de là nostre orizon,
Franchir la plus haute montagne,
Pour chanter Boissac & son nom.

Ballade à Madamoiſelle de Rembouillet, ſur ce qu'elle auroit eſté Royne de la féue le iour des Roys.

BIen-heureux le iour,
Royne couronnée,
Plus belle qu'amour,
Qu'augré d'vne fée,
Fites voſtre entrée,
En ce beau ſejour.
Con bella corte,
Du Ciel enuoyée,
O Dea certè.

Née dans les Cieux.
Non d'Adam ny deuë,
Donnée des Dieux,

Non non ie ne refue,
Car ſans fin ny trefue,
E chiaramente,
Royne de la féue,
O Dea certè.

Or le meſme ſort,
Et la deſtinée,
Si puiſſant & fort,
Vous donne l'année,
Et la meſme Fée,
Lo ve de Rete,
Vous à plus heurée,
O Dea certè.

D'an en an ceſt heur,
Tres-grande Princeſſe,
Ie vous dy eſt ſeur,
Car ie vous adreſſe,
Voix deuinereſſe,
Come calcante,
En cette allegreſſe,
O Dea certè.

Moy qui vous offris,
La teste mytrée,
Couronne de prix,
Diuine & Feée,
Par Nymphes posée.
Gloriosa mente
Lors de vostre entrée,
O Dea certè.

Ballade en faueur de Madamoiselle Grignault.

Q*VE nay-je des propos pour dire vostre gloire,*
Et chanter dignement vos honneurs meritez,
Il faudroit du harpeur la harpe & luth d'yuoire,
Et la diuine voix qui bâtit des Citez,
Nul ne le peut sinon les seulles deïtez,
Et ma force partant à mon desir rebelle,
Me laisse ces regrets esblouy des clartez,

De la belle gri gri, de vous Grignault ma belle.

Excellente beauté, qui surpassez l'Aurore,
Vos attraits sont des traits, dõt les cœurs sont percez:
Et ie voudrois pour moy, blessé loüer encore,
Le dompteur glorieux qui les a terrassez,
Arrestez & mieux pris qu'aux lacs embarassez,
Ne sentent les ardeurs qu'vn si bel œil recelle,
Car charmez sont heureux s'ils meurent caressez,
De la belle gri gri, de vous Grignault ma belle.

Au fort de leurs tourmens leur vie est affranchie,
Insensible douleur qui les va deceuant,
Car bruslante d'amour, dont elle est enrichie,
Ils allument leurs feux de souspirs & de vent,
L'archerot amoureux ores leur poursuiuant,
Leur liure par vos yeux l'assaut de façon telle,
Que sans douleur ils sont captifs d'oresnauant,
De la belle gri gri, de vous Grignautma belle.

Heureux qui transporté de vostre amour respire,
Car il n'est moins contant viuant ainsi par vous,
Que s'il auoit acquis la gloire d'vn Empire,
Mourant par vos regards il vit dompteur de tous,

Et cett

Et cette mort cruelle eſt vn viure ſi doux,
Que ie ſouhaitterois reſpirant en icelle,
Touſiours eſtre bleſſé des traicts, des feux, des coups,
De la belle gri gri de vous Grignault ma belle.

FIN.

EXTRAICT DV PRIVILEge du Roy.

PAR grace & Priuilege du Roy, il est permis à LOVYS DE NEVFGERMAIN Poëte Heteroclite de Monseigneur Frere vnique du Roy : De faire Imprimer par tel Imprimeur que bon luy semblera, vn liure intitulé, *Les Poësies & rencontres du sieur de Neufgermain, Imprimé par commandement de mondict Seigneur :* Et cependant le temps de quatre années consecutiues. Auec deffences à tous Imprimeurs & Libraires de le contrefaire, sur peine aux contreuenans, De confiscation des exemplaires, & d'amende arbitraire : Et de tous despens, dommages & interests : ainsi qu'il est plus amplement porté par ledit Priuilege. Donné à Paris le dix-neufiesme iour de Iuillet 1630. Et de nostre regne le vingt-vniesme, Signé par le Roy en son Conseil DE LALANE. Et seellé.

www.ingramcontent.com/pod-product-compliance
Ingram Content Group UK Ltd.
Pitfield, Milton Keynes, MK11 3LW, UK
UKHW021106290826
14628UKWH00014B/857

9 782013 051019